「抵抗があるならやめようか？」
　抑えた声と前後して上になっていた重みが動いたのを、手を伸ばして引き留めていた。

SHY NOVELS

好きになるはずがない

椎崎 夕

イラスト 葛西リカコ

CONTENTS

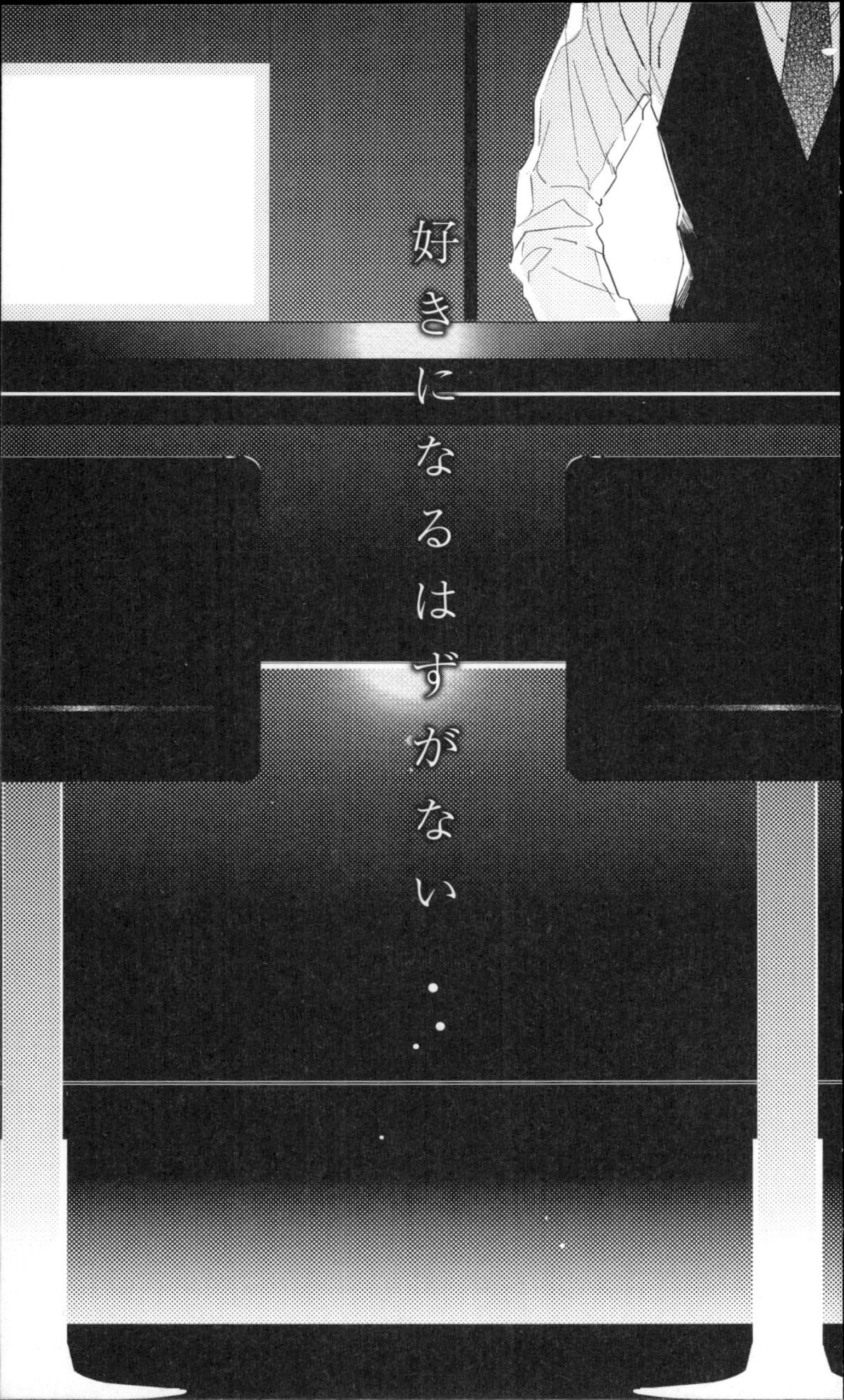
好きになるはずがない・・・

1

——カウンター席の一角にその横顔を認めた時、思いがけなさについ目を瞠《みは》っていた。

「セイ？　どうしたよ。もしかして好みの相手でも見つけた？」

「そんなわけあるか。こんなとこで好みもくそもあるかよ」

友人に言い返す声をぎりぎりまで絞って、高平笙《たかひらしょう》は持っていたグラスの中身を軽く呷《あお》った。幼馴染《おさななじ》み兼遊び仲間の江藤《えとう》に目をやって言う。

「そっちこそ、早く好みの相手見つければ。武士の情けで三奈子《みなこ》ちゃんには黙っといてやるからさ」

「勘弁しろよ。オレはただのつきあいじゃん。っていうかわりとふつーな雰囲気なんだねえ。もう少し怪しい感じかと思ってたけど」

明かりを落とし気味にしたフロアの壁際に当たるボックス席でひそひそぼそぼそと言葉を交わしながら、場違いという言葉が脳裏に浮かぶ。

それぞれ仕事を終えた週日の夜、いつもなら複数の遊び仲間といつもの店で騒いでいるはずの時刻に揃って座っているこのバーは、いわゆる同性愛者が集まる場所なのだという。

もっとも、バーの雰囲気はごくふつうだ。長いカウンター席といくつかのボックス席がある店内は内装を含めてシックに造られており、カウンターはもちろん柱ですら黒光りするほど磨き込まれている。BGMで流れるジャズは、同席者との会話の邪魔にはならないが周囲の席に話を聞かれる心配が必要ない程度に音量調節されていた。違和感を覚えるとしたら女性がいないという一点のみだから、通りすがりにふらりと入った客にはここがどういう場所かはわからないだろう。

ここにいるから即そっちとは限らない。今までもこれからも女の子としか恋愛する予定がない笙や江藤がここにいることを思えば、カウンター席の人は何も知らない一見《いちげん》の客なのかもしれなかった。

そんなつもりはなかったけれど、どうやら熱心に見すぎたらしい。件《くだん》のカウンター席で横顔を見せていた人物がいきなりこちらを見た。

年齢は三十代半ばから後半といったところで、笙よりも一回りほど年上だろう。端整な容貌はいわゆる和風の男前で、切れ長の目の鋭さが猛禽類《もうきんるい》を連想させる。成人男性の平均を軽く越える長身ときれいに伸びた背すじは腰掛けていてもバランスがよく、夏真っ盛りの八月上旬にスーツにネクタイという出で立ちでいても妙に涼しげだ。

第一印象が怖そうで近づきがたいのは、全体的に漂っている隙のなさのせいだ。それはそれでいいとして、問題はその全部に厭《いや》というほど見覚えがあることだった。

守川《もりかわ》営業一課長、だ。笙の勤務先になる医療系ソフト開発会社本社に、半年前に異動してきた中間管理職。未《いま》だ独身のこの出世頭には、社内での通り名がある。ひとつは営業部周辺から流れてきた「営業の鬼」、残るひとつは女性陣が名づけた「営業の美丈夫」だ。

そんな人物が、どうしてここにいるのか。いや、なにゆえこんなところで社内の人間に出くわさねばならないのか?

ひそかに肝を冷やしている間にも、カウンター席にいる守川の視線はまっすぐ笙に向けられたままだ。表情はいつの間にか、軽く眉を顰《ひそ》めた何かを思い出そうとしている時のものに変わっていた。

慌てて目を逸らして、笙はさりげなく尻で移動する。隣に座る友人の陰に隠れるように座り直した。

「セイ？　どうした？」

「何でもない。それより、ナオヒサはどうしたんだよ。まさか、先に帰ったとは言わないよな？」

「セイ」というのは、学生の頃から使っている笙の遊び場での通り名だ。ちなみに江藤の通り名は本名の圭介《けいすけ》の下一文字のみを音読みした「カイ」になる。

噂のナオヒサは江藤の友人で、笙たちをこのバーまで引率してきた人物だ。つい先ほどまで一緒にいたはずが、数分前に電話が入ったためいったん席を外していた。

「それはないだろ。言いだしっぺなんだし、このあとの予定もあるしさ」

否定する江藤に「ならいいけど」と返しながら、笙はカウンター席からの露骨な視線につい肩を縮めてしまう。

雉《きじ》も鳴かずば撃たれまい、だ。まったく知らない他人のふりで通して、ナオヒサが戻ったら早々にここを出よう。そう考えながら、笙は数時間前に起こした気まぐれを後悔した。

事の起こりは、二日前に江藤が送ってきたメールだった。

気分転換を兼ねて少し変わったところに行ってみないかという文面に、笙は苦笑した。

半月前の七月中旬に、笙はつきあっていた彼女と別れた。別れ際に告げられた一言が応《こた》えて夜遊びを自粛していたのを、江藤は落ち込んでいると解釈したらしい。おそらく元気づけのつもりなんだろうと、すぐに察しがついた。待ち合わせ場所を決めて合流した数時間前に初めて、目的の場所がいわゆる同性愛者の交流場のこのバーだと知らされたのだ。

（おまえ、いつ宗旨替えしたんだ。三奈子ちゃんときちんと別れたんだろうな？）

わざと真顔で言ってやったら、ベタ惚れ数年の恋人がいる友人は頭のてっぺんから湯気を立てる勢いで「オレじゃないって！」と否定した。

（じゃあ何。言っとくけど、おれは男に興味なんかないぞ）

（それがさ、セイの場合はもしかしたらそっちの可能性もあるんじゃないかって話になったんだよ。覚えてるだろ？　こないだ一緒に飲んだナオヒサって奴）

（……だったらそのナオヒサに、勝手に同類にすんなって言っとけ）

言い捨てたついでに友人もその場に捨てていこうとしたら、文字通り縋《すが》りつかれた。「だからー」から始まったくどくどしい言い訳をかいつまんでしまうと、話はごく簡単だった。

自慢にもならないが、笙の恋愛は長続きしないのが常だ。特に前の彼女とは、つきあい始めて三日で破局と過去の最短記録を更新した。

前の彼女はもともと遊び仲間のひとりで、二年以上のつきあいがあった。三つ年下だったが、女の子の中では一番に気が合って、なぜつきあわないのかと周囲からたびたび言われていた。笙のかつての恋人たちは例外なくその子と笙の仲を邪推し、やきもちを焼いたほどだ。

その彼女と、正味二日半で終わってしまった。江藤はそれを気にかけて、ナオヒサに会った時に愚痴混じりに意見を求めたらしい。曰く「どうすればセイはうまく女の子とつきあえると思う？」。

江藤は江藤なりに気を揉んでくれたのだろうが、相談する相手が間違っていると思う。

ナオヒサはいわゆる同性愛者で、現在は相愛の男と同棲中らしい。どこでどう話が化学変化を起こしたのか、ふたりの話し合いは最終的に、そこまで女の子と続かないなら実は男の方がいいという可能性があるんじゃないのかという結論に至ったそうだ。

（試しに一回だけ、その手の店に行ってみようよ。違ったら違ったでおしまいにすればいいし）

（……あのな。何でわざわざそんなの試す必要があるんだよ。面倒臭いし、パス）

（いやだから待ってって！　じゃあ三十分だけ、ちらっと覗くだけ！）

必死で言い募る江藤にうんざりしながらも、ふっと好奇心を覚えた。

世に言う恋愛感情は思い込みか錯覚の産物だと、笙は認識している。本能的な衝動を「好き」だの「愛してる」だのといった言葉でラッピングして、きれいでいいもののように見せているだけだ。男女の関係でもそんなものだろうに、どうして男同士でその気になれるのか。それは本当に恋愛と呼べるものなのか？

今の今まで思いもしなかった思考に捕まって、気がついたら笙は頷いていたのだ。

ほっとした顔の江藤を引き連れてナオヒサと合流し、連れてこられたこのバーのボックス席で酒を嘗《な》めているうちに、カウンター席の客が知った顔だということに気がついた。

「悪い。おれ、ちょっとトイレ」

「え、オレをひとりにするとか言う!?」

「びびるな。トイレくらい行かせろよ。危険はないって言うし、だったらおとなしく待ってろ」

物言いたげな江藤をボックス席に残して、笙は奥にあるレストルームに向かった。その間もカウンターのあたりから、視線が一直線についてくる。

「……バレるはずはないんだけどなあ」

レストルームの洗面台の前で、笙は自分の姿を確かめる。ヘアワックスで軽く分けた髪と、その下にある小作りの顔が浮かべる表情は見るからに遊び人のもので、我ながら勤務中とは別人だ。

……もっとも、あの守川が社内での笙を一個人として認識しているとは思えないが。

「よし」と鏡の中の自分に頷いた時、レストルームのドアが開いた。

入ってきた大柄な男は、隣のボックス席にいた四人組のひとりだ。じろじろとこちらを見ていたから、何となく覚えている。

もしかして、門外漢だとバレたのだろうか。ひやりとしながら濡れてもいない手をハンカチで拭《ぬぐ》って、笙は大男の横をすり抜ける。そそくさとドアに向かいかけた時、いきなり背後に引き戻された。

気がついた時には、背中から太い腕に羽交《はが》い締《じ》めにされていた。耳元でじっとりと囁《ささや》かれた言葉が「ひとりなのか」だと認識して、反射的に首を振る。

「連れがいるんで、放してくれませんか」

「それより、おまえ、俺とつきあわない？　じっくり可愛がってやるからさ」

粘ついた声と湿った吐息を耳に吹き込まれて、半袖シャツの腕にざあっと鳥肌が立つのがわかった。

シャツの胸元だの腰だのをまさぐられて、ようやく笙は事態を把握する。

「いや、結構です。遠慮します！」

「逃がすかよ。おまえ、さっきからやたらこっち見てただろ？　気があるんだったら隠すなって」

冗談だろうと必死でもがいたものの、体格も腕力も相手が上だ。じりじり奥へと引きずり込もうとする大男の目指す先が個室だと察して、生理的な嫌悪がどっと溢れてくる。

「い、やだって言ってんだろ！　放せよ、勝手に触ってんじゃねえよっ」

手足を振り回し身体を捩《ねじ》って、渾身《こんしん》の力で抵抗した。相手が怯《ひる》んだ隙を逃さず、手加減なしで足を踏みつけてやる。

「おい、おまえいい加減に――」

苛立たしげな声がしたと思った時、目の前のドアが開いた。天の助けとばかりに顔を上げたとたんに平然と中に入ってきた相手――守川と目が合って、笙はその場で硬直する。

「……見たところ合意ではないようだが」

低い声での問いに、考える前にぶんぶんと頷いていた。直後に拘束が強くなって、邪魔だの出ていけだのと凄む声が発せられる。

「このバーではその手の真似は御法度《ごはっと》だ。マスターに報告すれば即出入り禁止だが、構わないか？」

そう言う守川は物言いこそ淡々としているものの、こちらに向けられた目は見るからに鋭く、つい謝ってしまいそうになるほど怖かった。それで興ざめしたのかどうか、背後の男は舌打ちをして笙の腕を放し、そそくさとレストルームから出ていく。

大柄な背中がドアの向こうに消えると、いっぺんに気が抜けた。危うくその場にへたり込みそうになって、横から肘を摑まれる。しっかりとした力で引き起こされて、笙はどうにか膝に力を込めた。

「無茶はされなかったか？」

「あー……平気、です。今のところは」

開襟《かいきん》シャツを着ていたのが幸いして、襟元から手を突っ込まれかけただけですんだのだ。これがふつうのシャツだったら、襟を引きちぎられていたかもしれない。

「ここはかなり質のいい店だが、たまにああいう手合いがいるから気をつけた方がいい。――どうやら、慣れていないようだし」

意味ありげに言われて、職場云々とは別の意味で肝が冷えた。同時に、だったらこの人はここがどういうバーか承知で来ているのかと思う。

「わかりました。その、ありがとうございます」

神妙に礼を言いながら体勢を立て直すと、ほどなく守川の手が離れていく。

猛禽類が捕食する小動物を見つけた、と譬《たと》えたくなるほどじいっと見つめられて、言おうとした言葉が頭の中で蒸発した。焦ったあげく、笙は自分でも予想外の問いを口にしてしまう。

「おれの顔が、どうかしましたか……？」

「いや。知り合いによく似ていると思っただけだ」

バレたのかとぎょっとして見上げると、守川の顔に複雑な色が過《よ》ぎった。表情でバレてはいないと悟って、滅多に作動しないはずの好奇心がむくりと頭をもたげてくる。

「もしかして、それって恋人ですか……？」

笙の問いに軽く眉を上げた守川が、無言のまま頷く。それを眺めながら、初対面の通りすがりにこんなふうに無防備に答えていいのかと呆れた。

男ながらに美人だのきれいだのと言われるのには慣れているが、女性と間違われたことは一度もない。何より、ここでそれを肯定したらおしまいだろうと思い、不用意なことを訊いた自分に呆れた。詮索《せんさく》されたくないから詮索しない。それが笙の信条で、だから遊び仲間のプライベートにはいっさい踏み入らない。それなのに、どうしてあんなことを言ってしまったのか。

「……さっきのお礼に一杯奢らせてもらっていいですか？」

唐突な言葉の意図に気づいたのかどうか、守川はふっと目元を緩ませる。初めて目にしたその表情にこんな顔もできるのかと失礼なことを思った。

「ありがたいな。それならご馳走になろうか」

揃って店内に戻ろうとした時、大きな音を立てて再びドアが開いた。

「おいセイ、無事か!?」

「ごめん遅くなった！　大丈夫かな、何かされなかった!?」

飛び込んできた江藤とナオヒサに挟まれて、服から顔から引っ張られて撫でられる。その間に、守川は気配を消してするりとレストルームを出ていってしまった。

江藤の「よかった無事だー」との声を聞いてから、笙はじろりと友人たちを見る。

「何が無事だよ。おまえら来るのが遅すぎだろうが！」

「だって、セイがいなくなってすぐ、何かごっついのが同じテーブルに移ってきたんだよ。三人に取り囲まれたんだぞ？　オレ、本気で攫《さら》われるかと思った……」

「ごめんって。でもここ、選《よ》りすぐりでまともなバーなんだよ？　変なのは出入りできないって有名だし。……さっきのってカウンターの人だよね。あの人に迫られたわけじゃないよね？」

ナオヒサに問われて、笙は即座に頷く。経緯を説明すると、彼は驚いたふうに目を丸くした。

「へえ。そうなんだ、そういうこともあるんだな」

「……どういう意味？」

「カウンターの人はここの常連だよ。あれだけいい男なのにいつもひとりで飲んでて、誰に誘われても応じないんで有名。周りに興味なさそうだし、特定の客と絡むこともまずない。……んだけど」

じーっと笙を見つめて、ナオヒサは首を傾《かし》げる。

ナオヒサは、守川とは雰囲気が違うハーフ系の美形だ。どう見ても男なのに、表情や雰囲気がやたらと甘い。そのせいか、見つめられたりくっつかれたりするともぞもぞと居心地が悪くなる。

落ち着かない気分でナオヒサと距離を取りながら、笙はわざと無愛想に言った。

「だけど、何だよ」

「セイみたいなのが好みなのかなーと思ってさ。セイってきれいな顔してるし雰囲気もあるから、絶対モテると思ったんだよね。だから、下手なとこに連れていくわけにはいかなかったんだけど」

「だからっていうのはどういう意味？」

怪訝《けげん》な顔で割って入った江藤に、ナオヒサは見とれるようなにっこり笑顔を向ける。

「店によってはいきなりトイレに連れ込まれるのもふつーだし、強引にホテルに引っ張っていかれることもないとは言えないからね。セイもカイも初心者未満だから、それはまずいと思って」

「うわー……」

「それ、けろっと言うことじゃないだろっ」

妙な声を上げて、江藤が心底怯《おび》えた顔をする。大男に肌を撫でられた感触を思い出して、笙の全身にざあっと鳥肌が立った。無意識に自分の腕を撫でながら、この際とばかりに断言する。

「もうここ出るぞ。どう考えてもおれはこっち向きじゃない。やっぱり女の子がいいや」

「来たばっかりで何言ってんの。それに、まだ誰ともろくに話してないじゃない」

「さっきので気色悪すぎて鳥肌立った。そんで検証終了だろ」

「早計すぎだよ。いきなりトイレで襲ってきた相手なんか、僕だって厭だし鳥肌くらい立つよ」

話している間に入ってきた客と入れ替わりに、ボックス席に戻った。カウンター席が空いているのに気づいて周囲を見回してみても、守川の姿はどこにも見あたらない。

「セイ？　どうかした？」

「さっきのカウンター席の人に、お礼を言っとこうと思ったんだけど」

江藤の問いに頷いた笙に、ナオヒサが言う。

「席にいないんだったら帰ったんだと思うよ。もともとあまり長居する人じゃないみたいだし」

結局、お礼をし損ねてしまったわけだ。物足りない気分で、笙はカウンター席に目を向ける。

ある意味噂通りで、別の意味では噂とはまるで別。そんな守川を、いったいどういう人なんだろうと思った。

2

翌日、笙《しょう》はいつも通りに出勤した。

笙の勤務先は自宅アパートの最寄り駅から三駅先になる。業種は医療及び介護関連ソフトの開発及び運用の補助であり、笙が所属する開発部第三課では主にソフトのバージョンアップを手がけている。

営業や事務系でスーツ着用が義務づけられるのに対し、開発部では基本的に服装は自由だ。ごく稀《まれ》に顧客トラブルに駆り出されることもあるためロッカールームにスーツ一式を常備しており、大抵の場合はそれで事足りる。開発スタッフは自らの服装に気を遣う者と無頓着な者に分かれる傾向が強く、社内での笙は露骨なまでに後者に当たる。出社後に入ったレストルームの鏡に映った自分は洗いっ放しのぼさぼさの髪に分厚い眼鏡をかけて、冴えない表情でこちらを見返していた。

ずれていた眼鏡を指先で軽く直してから、笙は三課エリアへ向かう。席について前日の仕事を見直している間に、次々と同僚や先輩後輩が出勤してきた。

守川《もりかわ》が所属する営業部は出入りの関係があるせいか、同じ建物の二階のエレベーター至近に位置している。そして営業部と絡む契約時の説明や顧客トラブルへの対応は開発一課に割り振られているため、笙に限らず三課の面々は守川とじかに対面したことがない。社内で開示される伝達事項か噂話か、時折見かけたという程度だ。

定刻を過ぎた午後一時前、同じチームの同僚と連れだって社員食堂に向かう途中で、同じく食堂に向かうとおぼしき守川を見かけた。ぞろぞろとテーブルについた筌たち三課メンバーとは対照的に守川はひとりで窓際の席についていて、座った場所の関係できれいに伸びた背中がよく見えた。

「高平《たかひら》？　どうかした？」

「……いえ。守川課長って、ひとりで食事するんだなと思って」

ぽろりと言ったあとでまずかったかと思ったが、杞憂《きゆう》だったことはすぐに知れた。異動から六か月目に入ったにもかかわらず、守川は未《いま》だに噂の人なのだ。

「それ、毎回だろ。怖くて厳しいってだけじゃなく、実は人嫌いだって話じゃなかったっけ」

「嫌うほど他人に興味がないって噂もありますよね。営業一課の歓迎会も三十分で帰ったとか」

「けど仕事はできるんだろ？　雰囲気怖いし厳しいし近寄りがたいけど、何があっても動じないし指示も早くてクレーム処理がうまいってさ。前の課長より指導力もあって頼れるって話」

「それって矛盾してないですか？　人嫌いで人に興味ないのに指導力があって頼れるって」

「仕事の時は、近寄りがたいだの怖いだの言ってられる状況じゃないからじゃないか？　こっちから見れば無気力とか無関心って印象が強いけどな。昔はそうじゃなかったんだけどなあ」

「……昔はそうじゃなかったって、先輩、守川課長のこと前から知ってたんですか？」

おとなしく聞き役になっていたものの、ふと疑問を覚えて筌は隣の先輩を見る。筌よりも五歳年長で、生まれて間もない娘にめろめろになっている彼は、もりもりと定食を口に運びながら続けた。

「守川課長、もともとはここにいたんだよ。当時は係長だったけど、とっつきにくいし仕事の上では鬼なのに仕事外ではつきあいも面倒見もいいって評判だったんだよな。実際、栄転扱いで異動したし。

今回戻ってきたのは、営業部長の強い要望らしい」

「……そうなんですか。じゃあ、本当にできる人なんですね」

俯《うつむ》き加減《かげん》に頷いた筌をちらりと眺めて、先輩は笑う。

「そのうち直接話す機会がありゃわかるだろ。それより高平、おまえそろそろ彼女でも作ったらどうだ？　振り向きもしない女を追っかけてばかりじゃどうしようもないだろうが」

「あー……そうですね。それは、わかってるんですけど」

変に詮索《せんさく》されるよりはと、社内での筌は大学時代の同級生に片思い中ということにしてあるのだ。

職場でのキャラに合わせて気弱に笑った筌をじっと眺めて、先輩はため息をつく。

「おまえ、もう少し見た目を何とかしてやたら俯くのもやめろ。それだけで女受けもよくなるはずだ。仕事は正確で真面目だし、性格も今時ないくらい素朴ってーか、純朴なのにもったいないだろ」

「はあ」

「山科《やましな》さん、ちょっと言いすぎ。まあ、気持ちはわかりますけど」

「でも、高平さんは確かにもったいないですよ。プライベートまでは何も言えませんけど、仕事の上ではもっと前に出てもいいいと思います」

先輩、後輩、同期の三人がかりで実は的外れな心配をされながら、筌は食事を続ける。その視界のすみで、食事を終えた守川がトレイを手に席を立ったのが見て取れた。カウンターにトレイを返すと、まっすぐこちらに――社員食堂の出入り口に向かって歩いてくる。道端の石になったつもりでもそもそと箸を使っていると、そのスーツの脚が筌の傍で急に止まった。

固まった笙のすぐ横で、床に屈《かが》んだ守川が何かを拾う仕草をする。笙に向かって声をかけてきた。

「これはきみのものか？」

「あ、は、はぃいっ!?」

ぎくりと顔を上げて、眉根を寄せた守川が差し出しているのが見覚えのあるハンカチだと知った。

「あ！　そうです、すみませんっ」

焦るあまり声が裏返った。それが奇妙に見えたのか、守川は一拍無言で笙を見つめてから手の中のそれを丁寧にテーブルに置いてくれた。それきり、何事もなかったように出入り口へと行ってしまう。

「高平さん、今のは挙動不審すぎじゃ」

「いや、しょうがないだろ。高平なんだし」

「その理屈が営業一課に通じますかねえ。あそことうちの課って、あんまり縁ないですよね？」

同じテーブルの同僚が口々に言うのを聞きながら、笙は大きく息を吐く。

守川のあの表情は、見知らぬ相手に予想外の反応をされた時に見せるものだ。ということは、まずバレてはいない。そう思って、胸を撫で下ろした。

職場とプライベートで見た目や態度を変えるのは、一種の自己防衛だ。大学の頃につきあっていた彼女と揉めたあげくバイト先に乗り込まれてクビになったという笑えない経験から、就職が決まってすぐにオンとオフをきっちり区別することに決めた。

仕事の時は髪の毛を洗いっ放しの見苦しくない程度にぼさぼさにし、縁の太い眼鏡をかけて気持ちばかり俯き加減にして必要以上に喋《しゃべ》らない。たったそれだけのことで、社内での高平笙は仕事はできるがモサくておとなしい小心者になった。

職場の女性社員からは男以前の空気扱いされているが、プライベートで相手に不自由したことはないので問題はない。社内の女性と変なふうにこじれるよりはよほど好都合だ。

念のため守川を避けるつもりで過ごした午後に、二度ばかり廊下でニアミスをした。けれど、守川はまったく反応しなかった。あの様子なら、食堂での一件も忘れているに違いない。

これなら大丈夫だと安心して過ごしていた四日後に、スマートフォンに江藤《えとう》からメールが入った。

見た目の区別だけでなく、笙はスマートフォンも個人用に黒、遊び用に青のふたつを所持している。共通するデータとして江藤の連絡先を登録しているが、今回の連絡は黒い方にだ。

いつもの店で飲まないかとの誘いに了承の返信をし、いったん帰宅して着替えをし眼鏡をコンタクトに替え、髪型も整えてから出かけた。江藤と合流し、派手なネオンサインの間を縫って馴染《なじ》みのクラブに向かう途中、何人かの顔見知りと行き合った。

その中に、別れて間もない元恋人のカオリがいたのだ。友達連れだった彼女は笙を見るなり可愛らしく化粧した小さな顔を露骨に強ばらせ、ふんわりした茶色の髪を揺らしてそっぽをむいた。

小柄なその姿を感心したように見送ってから、江藤はおもむろに笙を見た。

「思いっきり根に持たれてるよね。カオリちゃん、セイとつきあうようになった時なんかすんごいらぶらぶだったし、別れる前には目え真っ赤っかにして泣き腫《なは》らしてたのにさ」

「可愛さ余って、じゃないか？　どっちにしても悪いな。おまえ、毎回板ばさみになってるだろ」

年齢のわりに童顔な江藤は物怖じせず人当たりも柔らかいため人脈は広い。笙とつるんで夜遊びはするが、長年つきあっている恋人の三奈子《みなこ》に首ったけで、臆面もなく惚気《のろけ》を垂れ流す。

　それが安心感に繋がるのか、江藤は女の子たちから何かと頼りにされているらしい。特に笙の恋人となった女の子にはそれが顕著で、たびたび江藤に相談を持ちかけていた。

「オレは慣れてるからいいけど、セイはこれからどうすんの。こないだユキちゃんから告白されたの、即お断りしてたろ。もしかして、当分誰ともつきあう気がない？」

「どうせすぐ別れるんだから、この際、同類の女の子を探してみようかなーと。冷たくて薄情で彼氏のことは二の次っていう子、もしいたら紹介よろしく」

「セイの場合は彼女をちゃんと彼女扱いするのが先だろ。だいたい、つきあう前に本気になるとは限らないって宣言する時点でおかしいんだよ。まずそこを直さないとつきあう子が可哀想だよ」

　もっともな指摘に返事に詰まった笙を真剣な顔でじいっと見つめて、江藤は続ける。

「そろそろ真面目に恋愛することも考えなよ。今のまんまでいても絶対プラスにはならないよ？」

「んなこと言われても、人には向き不向きってもんがあって」

「やってもみないで向き不向きもないじゃん。オレ思ってたんだけど、セイには堅実な子の方が合ってるかもしれないよ？　何なら三奈子にそういう子紹介してって頼んでみようか？」

「それですぐ別れたら三奈子ちゃんに顔向けできないだろ。第一、おれみたいのに堅実な子が合うわけないしそれよりナオヒサからのメールの返事、もうした？」

　話題を別方向にねじ曲げると、江藤は少し不満そうに頷く。

「した。次はいつ行くかって返ってきた。こないだは落ち着いて飲めなかったから、リベンジにまともな人を紹介するってさ。セイが乗り気じゃないみたいだから焚《た》きつけてみてくれって」

「早めに断っといて。ナオヒサと飲んだり遊んだりは歓迎するけど、やっぱ男は無理」

「オレもそう思う。でかい男に囲まれるのって世界が違いすぎ。今日明日には返信しとくよ」

いつになく素直に江藤が頷いた時、馴染みのクラブに着いた。大音量の音楽が響く中、半地下の店内に入ってすぐに、顔見知りの遊び仲間が声をかけてくる。いつものように適当に面白く過ごしながら、ふっと守川に一杯奢る約束をしたのを思い出した。

「……どうしたもんかな」

放置するのが一番なのはわかっているが、約束は約束だ。売った恩ならともかく、買った恩を放置した日には、社内であの顔を見るたび気になるに決まっている。

これ一度きりだ。そう決意して、善は急げとばかりに翌日の夜に例のバーに出向いた。

幸いに店はすぐに見つかったが、守川の姿は見あたらない。きょろきょろと捜す様子が目についたのか、やや小柄ながら渋いロマンスグレーのマスターに誰かと待ち合わせかと訊かれた。

「先週、ここでカウンター席にいた人に助けてもらったんです。そのお礼を言いに来たんですけど」

「カウンター席ですか？」

「背の高い男前で、ちょっと怖そうな感じの人です。常連だって聞いてます」

最初の問いには怪訝そうな顔をしていたマスターは、続けた説明で誰かわかったらしい。その人は確かに常連だけれど訪れる曜日は特に決まっておらず、今夜はまだ来ていないと教えてくれた。翌週も一日置きにバーに顔を出したけれど、結局週末まで守川は現れなかった。

いつまで通えばいいのかと考えながらの帰り道で、バーのマスターに事情を話して金を預けてしまえばいいのだと思いついた。向こうが忘れていたとしても、目的さえ遂げられたら十分だ。

いい考えじゃないかと自画自賛しながら、次の週明けに最後のつもりであのバーに出向いた。

バーのマスターもバーテンも、筌の顔をすっかり覚えてしまったようだ。カウンターに近寄るなりマスターから声をかけられた。

「タイミングが合わなくて申し訳ありませんね。今夜もまだ見えていないんですよ」

「いえ、いいんです。あの、不躾《ぶしつけ》ですが頼みたいことがあって」

約束した奢り分の金を預けるので守川が来たら一杯出してほしいと頼むと、マスターは少し考えてから了承してくれた。ついでに守川が好む酒を教えてもらい、その金額を預けておく。

「勝手を言ってすみません。お手数をおかけしますが、よろしくお願いします」

「引き受けました。一応、お名前を教えていただいて構いませんか？」

「名乗ってないから必要ないです。前にレストルームで助けてもらった者だと伝えていただければ」

席にもつかないまま、筌は出入り口に引き返す。その時、ドアから長身の男が入ってきた。

守川だった。足を止めた筌に気づいてか、こちらを見ると目を瞠《みは》った。

「この前は、どうもありがとうございました」

「いや。……わざわざそれを言いに来たのか？」

「お礼の一杯分の料金を、先ほどこちらでお預かりしたところです」

意外そうな問いに筌が答えるより先にマスターが言う。肯定のしるしに会釈して守川の横をすり抜けようとしたら、静かな声に引き留められた。

「せっかくここまで来たのだから、少し飲んでいったらどうだ？」

「あー、けど、おれは」

「今夜はひとりで飲む気分じゃなくてね。一杯だけ、つきあってくれないか？」

声音も笙を見る表情もすでに知っていた相手に向けるもので、社内ですれ違う時とはまるで違う。それがわかったから応じることにした。

笙がカウンター席に腰を下ろすと、待っていたようにマスターが守川に声をかける。

「お久しぶりですね。こちらの方は先々週から、何度も訪ねてこられていたんですよ」

「そうなのか？」

「ええ。席につかれたのは、今夜が初めてですが」

マスターの説明は間違ってはいないが、その言い方では笙がしつこく守川を待ち伏せていたように聞こえはしないか。下手をしたら、何やら誤解を招かないか？

思ったとたんに、ざあっと全身から血の気が引いた。そういえば、守川はこのバーの常連なのだ。

今からでも逃げ帰るべきかと真剣に悩んでいると、守川が感心したようにこちらを見た。

「そこまで手間をかけたのか。ずいぶん律儀なんだな」

「一杯奢るって約束しましたから」

あくまで約束だと強調すると、守川は受け取ったグラスを慣れた仕草で揺らしながら言う。

「もののついでならともかく、そのためだけに通ったなら十分律儀だろう」

「違いますって。借りたままだと負けてる気がするから厭《いや》なだけです」

どうせこれきりならと本心を暴露したら、守川は唇の端を上げて笑った。初めて目にした表情にちゃんと笑える人だったのかと失礼なことを考えていると、揶揄《やゆ》めいた声で言われる。

「律儀だな。筋金入りだ」

「そのようですね」

カウンターの中で笑って同意したマスターに、守川は得たりとばかりに頷く。

「貸しを度外視して、借りを最大限に主張するタイプだな。目の前に損が見えても意地を張って、何でもないふりをしそうだ」

「同感です。今時珍しいですね」

口調は和やかでも、会話そのものは完全に笙を肴《さかな》にしている。遊び場でいじられるのには慣れているが今回は勝手が違いすぎて、笙はどうにか口を挟んだ。

「おふたりとも、人を何だと思ってます？」

「今、聞いた通りに思っているが、異論でも？」

軽く笑いながら答えたのが守川で、マスターは微笑ましげにこちらを見ているだけだ。

「……負けず嫌いと律儀は違うものだと思いますけど」

「それは個々の解釈の違いだろうな」

「どういう解釈なんですか、それ」

思わず言い返したら、そこから話が広がるのは早かった。いつの間にか笙は気後《きおく》れもせず守川と笑いながら雑談していて、なるほど部下の扱いに長《た》けているとはこういうことかと感心する。いつの間にか話にのめり込んで、飲み物のお代わりまでして長々と過ごしてしまっていた。

二時間ほどで席を立った守川について、笙も腰を上げた。支払いをすませバーを出て地上に向かう階段を登りながら、守川が言う。

「もしよければ、また一緒に飲まないか?」

反射的に頷きかけて、場所や状況を思い出した。

現時点で気づかれていないなら、今後もまずバレることはないだろう。とはいえ、会社の人間にプライベートの自分を知られるのは避けたい。

なのに即答で断れないのは、守川と一緒に飲んだことが思いのほか楽しかったからだ。会社の人間でなければきっと、笙の方から名乗って次の約束を取りつけただろう。

「きみ、本当はノンケだろう?」

返答に迷う間に不意打ちで断言されて、ぎょっとした。身構えた笙を眺めて、守川は苦笑する。

「見ていればわかる。先々週の時点で、たぶんそうだろうと思っていた」

「……すみません」

「責めているわけじゃない。その気もない相手を誘ったり口説いたりする気はないと言いたいだけだ。正直、当分恋愛する気はないのでね」

「けど、おれとよく似た恋人がいるんですよね?」

言ったあとで、矛盾に気づく。毎回ひとりで飲むばかりで誰に誘われても応じない。確か、ナオヒサはそう言っていた。

「いる、ではなく、いた、だな」

過去形で言われて理解した。つまり、筌は守川のかつての恋人に似ているのだ。

「おれと会ったのはこれが二度目だし、まともに話したのは今日が初めてですよね。それに、あなたが飲みの相手に不自由するとは思えないんですけど」

第一印象で守川を怖がる者もいるだろうが、本人は紳士そのものなのだ。寄ってくる相手は多いはずだった。

そういう人物がどうしてわざわざ男相手の恋愛を選ぶのか、正直言って理解不能ではあるのだが。

「誰かと一緒に飲んで楽しいと思えたのは久しぶりなんだ。ここしばらく、友人と飲んでも落ち着かなくてね。だが、負担になるなら遠慮なく断ってくれて構わない」

返った言葉が無骨なまでにまっすぐで、すとんと筌の胸に届いた。

誘う気も口説くつもりもなく、楽しかったから誘った。要約された内容に、念のためやめておけという気持ちは見事に溶《と》け落《お》ちた。

「おれも楽しかったんで、ぜひお願いします。さっそくですけどさっきの支払い、おれの分はいくらでした?」

筌がレストルームに行っている間に、守川が二人分の会計をすませていたのだ。尻ポケットの財布を引っ張り出して見上げると、彼は肩を竦《すく》めた。

「気にしなくていい。きみの奢り分でお釣りが出るくらいだ」

「駄目ですよ。それだとケジメがつきません。自分が飲んだ分くらい、自分で払います」

「困ったな。あいにくまとめて払ったから覚えていないんだ」

呆気なくいなされて、慣れを感じた。とはいえ、引き下がる気はない。

「じゃあ次回はおれが出すってことで、今日はご馳走になります。ただし、三回目以降は必ず割り勘厳守で。飲み友達だったらそれで当たり前ですよね？」

言い切ってから、それが三回目まではありだという宣言だと気がついた。あれ、と思って目をやると守川は面白がるような顔で筀を見ていて、こんな表情もできる人なのかと思う。

最後まで紳士的だった守川が改札口を入っていくのを見送って、筀は地下鉄の駅へと向かう。ちょうどやってきた電車に乗ってから、スマートフォンを操作した。

赤外線通信で送られてきた守川のデータは本名そのままで、無防備すぎないかと呆れてしまった。

「守川弘毅《ひろき》、か」

初めて知ったフルネームを口にしながら、ふっと同僚から聞いた噂話を思い出す。

「人嫌いとか人に興味がないんだったら、飲み友達募集したりしないよな。それ以前に、見ず知らずの相手を助けるっていうのもなあ。けど、噂がガセとも思えないし」

先週いっぱい動向を眺めていてわかったが、守川の周囲の空気はどこかしら微妙だ。強いて言うなら、好意的に遠巻きにされているという印象が強い。

たとえば守川が社員食堂の窓際の席でひとり黙々と食事しているとして、それを眺める営業員に近づきたいのに近づけない様子があるのだ。なのに、守川は気づかないのかあえて知らん顔しているのか、学生の早弁かというスピードで昼食をすませて席を立ってしまう。

守川を気にしているらしい女性社員も複数目撃したが、彼女たちも離れたところから見ているだけだ。積極的に近づく者といえば、せいぜい守川の上司か同じ課長クラスの人物しかいない。

「ま、会社じゃ関係ないし。飲みったって三回も続けば御の字ってとこだろうし、それまで楽しくやれたら十分かな」

飲み屋でしか接点のないつきあいは長く続くかあっという間に終わるかだし、自分が飽きっぽいのは自覚済みだ。どちらかが飽きるか守川に新しい恋人ができるかで早晩終わるに違いない。

遊び用のスマートフォンを使ったため、守川に伝わったのは呼び名の「セイ」と携帯ナンバーとアドレスのみだ。だったら疎遠にするのも連絡を絶つのも簡単だろう。

ひとつ頷いて、笙はガラス窓の外の夜景を眺める。ふっと、守川の言葉を思い出した。

(当分恋愛する気もないのでね)

もしかしたら、笙に似ているという別れた恋人とのことが尾を引いているのだろうか。それがあるから、笙を近くに置いてみたくなったのか?

どっちでもいいと頭を振って、笙はスマートフォンをポケットに押し込んだ。

3

守川《もりかわ》と飲みに行く頻度は、何となく週に二回という形で固まった。

場所は例のバーだ。門外漢の自分がいてもいいのかと守川に訊いてみたら、結果的にそういう人間が集まりやすい場所になっているだけで、それ以外お断りという店ではないのだという。どんな客であろうとルールを守って飲む分には構わないと、マスター本人から言われた。

自分でも意外だったが、三度が四度になり五度になってみても、守川と飲むのは楽しかった。守川も同じように笙《しょう》との時間を楽しんで過ごしてくれているようだった。

職場での状況は相変わらずだ。たまに社内ですれ違うことはあっても、守川は定番の鋭い表情で忙しそうにしていて、そもそも笙を個別認識していない。そうなると、ますます好都合だった。

飲み友達歴が二か月目に入った週末、夜遊びに行く予定で家のことを片づけてのんびりしていた午後に、守川からメールが入った。もし都合がよければ今夜一緒に飲まないか、という誘いだった。

了承のメールを返し具体的な時間を決めて、笙は間に合うよう身支度をしてアパートを出た。

十月半ばの今、季節は秋へと移っている。電車の窓の外は暗く、家々の明かりが目についた。

降り立った駅からバーまではさほどの距離はないが、上着なしでは肌寒いほど気温は低い。無意識に襟を立てながら店内に入ると、カウンターの中にいたマスターが意外そうに声をかけてきた。

「週末にいらっしゃるとは珍しいですね。今日はおひとりですか？」

「いえ、待ち合わせというか、いつもと一緒です」

「守川さんと、ですか？」

「そうですけど」

丁寧な声音に驚いたような響きを感じたけれど、向けられた笑みはいつものように穏やかだ。

「オーダーは、いつものでよろしいですか？」

「はい。お願いします」

酒の支度をするマスターの手元を眺めながら首を傾《かし》げていると、じきに守川が姿を見せた。休日だからかスーツにネクタイではなく、スタンドカラーのシャツにスラックスに上着というラフな格好だ。

新鮮さにじっと見上げていたせいで、挨拶する彼が見せた表情に常にない違和感を覚えた。

「大丈夫ですか？　今夜はやめておいた方がよかったんじゃ？」

「いきなりは迷惑だったかな？」

「そうじゃなくて、守川さん、疲れてるみたいだから」

笙の言葉に一瞬目を瞠《みは》った守川は、すぐに飲み友達としては馴染《なじ》みの穏やかな笑みを向けてきた。

「大丈夫だよ。明日の休みにゆっくりすれば疲れはすぐ取れる。それより週末にいきなり呼び出して申し訳なかった。友達や恋人と約束か予定でもあったんじゃないのか？」

「予定はありましたけど、約束はないんで問題なしです」

笙の即答に、守川は胡乱《うろん》げに首を傾ける。

「予定と約束はどう違うんだ？」

「夜遊びに行こうと思ってただけで、特に約束はしてなかったんですよ。遊び仲間はいてもその時集まったメンバーで適当に飲んでるだけなんで、行かなきゃ行かないで構わないんです。恋人は、三か月前に思いっきりフラれたきりなんで問題なしってことで」

言い切ってグラスの中身を呷《あお》る。前の彼女の最後の台詞《せりふ》を思い出して、つい顔が歪んでしまった。

「おれ、駄目なんですよね。つきあっても絶対に長続きしないんです。前の彼女となんか、友達期間は二年以上だったのに恋人になったら三日で破局でしたから」

「三日？」

グラスをコースターの上に戻しながら、筐はこちらを見る守川に頷いてみせる。

「正味二日半です。別れ際には大抵文句言われるんですけど、今回は特に破壊力が凄かったんですよ。それでしばらく彼女はいらないと思って、現在に至ってるんで」

「……何を言われたのか、訊いても構わないか？」

「おれは友達には最高で、彼氏としては最悪なんだそうです。別れ際にビンタも食らいましたしね」

守川の前で見栄を張る気になれず白状して顔を上げると、話が聞こえていたらしいマスターがおやおやという顔でこちらを見ていた。守川はといえば、何とも言えない顔をしている。

「ずいぶんな言い方だな」

「事実だと思いますよ。毎回そんな感じでフラれてますし、そもそも三か月も続けば上等なんで」

「そんなタイプには見えないが」

「こんな人だとは思わなかったとも言われますね。長いつきあいの友達からは自業自得だ反省しろって叱られます」

こんな愚痴を聞かせたところで、守川を困らせるだけだ。話題を変えようと思った時、隣で守川が肩を竦《すく》めるのが見て取れた。

「こんな人だとは思わなかった、というのは私もよく言われる。顔が怖くて近寄れないとか、周囲にプレッシャーをかけているとか」

「でも、守川さんの場合はそういう印象があるだけで、つきあってみたら違うのはすぐわかるじゃないですか。それに、守川さんの怖いは悪い意味じゃないですよね。男前って得ですよねえ」

「男前?」

意外そうに言われて、笙はむっとする。

「自覚ないなら今すぐ洗面所の鏡見て、自分の顔を確認してきてくださいよ」

「鏡ならここにありますが、お貸ししましょうか?」

マスターが絶妙のタイミングで口を挟む。いや、と守川が苦笑したのをよそに笙は強く頷いた。

「目の前に突きつけてあげてください。正直、今の反応はむかついたんで」

「わからなくはないですが、具体的にどのあたりがですか」

「この顔で無自覚って嫌みですよ。いらないんだったら交換しろって、本気で言いたいです」

カウンターに乗り出して力説する笙に、マスターがくすりと笑う。

「セイくんは今のままが一番いいと思いますがねえ」

「……それはそうですよね。こういう、見るからに硬派な男前の顔っておれには似合わないし」

言いながら隣の守川をじっと見上げると、困ったような顔を向けられた。

「私よりきみの顔の方が親しみが持てていいように思うが、自分の顔は好きじゃないのか？」

「軟弱そうに見られるのが厭《いや》なんですよ。中身に見合ってるって言われたらそれまでなんですけど」

曖昧《あいまい》に濁したけれど、守川にはニュアンスが伝わったらしい。真面目な顔で頷かれて、落ち着かない気分になった。それで、笙は意図的に話題を変える。

「そういや守川さん、約束の写真は持ってきてくれました？」

「申し訳ない、忘れていた。次回でも構わないか？」

「了解です。楽しみにしてます」

守川の趣味が写真だと知ったのは、前回にここで会った時だ。雑談の合間に興味を覚えて訊いてみたら、一番気に入っているものだといって春の山野の風景写真を見せてくれた。まだ若い淡い緑をまとった木々を俯瞰《ふかん》で切り取ったそれは、つい見入ってしまうほど印象的だった。

「私のは下手の横好きだよ。正式に習ったわけでもないから失敗も多い」

「そうなんですか？　おれ、前に見せてもらったヤツとかすごい好きですけど」

「そこまで言われると見せるのが怖くなるな」

笑ってグラスを傾ける顔にはまだ疲労が見えるものの、表情はずっとよくなった。ほっとしながら、笙は飲み友達のスタンスの心地よさを実感する。

会う機会を重ねるだけプライベートがこぼれてしまうものだが、守川とのつきあいでは神経質にならなくていい。それは、双方が引いた一定ラインからどちらもはみだすことをしないからだ。

たとえば笙が夜遊び常習なのは話していても具体的な店名や場所はけして明かさないように、守川は写真が趣味でよく遠出をすると言いながら笙を誘うことはない。雑談で面白い場所やいい店が話題に上ることはあっても、一緒に行こうとはどちらも言わない。仕事の話はまず出ないし、たまに言葉に出ることがあっても、互いに聞かなかったふりで流して終わりだ。

飲み干したグラスをコースターに戻した時、電子音が鳴った。

笙のスマートフォンで、相手は江藤《えとう》だ。守川に断り席を立って、笙はいったんバーを出た。街灯に照らされた歩道のすみで通話をオンにしながら、肌寒さに上着を店内に置いてきたのを後悔した。

『セイ？　今どこ？　オレ、ずーっと待ってるんだけど』

「待ってるって何。おまえ、今日は用があって行けないって言ってなかったか？」

実は今夜、江藤といつものクラブに行く約束があったのだ。今朝になって行けそうにないと断られたから、守川の誘いに乗ってこちらに来た。

『早く用が終わったし、セイがひとりでも行くって言ってたからさ。サプライズに黙って来たのに』

拗《す》ねた声で言う江藤の背後から、『今どこだよ』だの『もしかしてデート中？』だのといつもの遊び仲間たちが口を挟んでくる。

「悪い。寸前で気が変わったんだよ。今いる場所からだと遠いんで、合流も無理」

『ちぇー。わかった、んじゃこっちは適当にやる。けど次はつきあえよな』

「はいはい、了解」

笑って通話を切ったあとで、ここ最近は夜遊びしておらず江藤と会う機会もなかったと思い出した。

やや明かりを落とした店内に引き返すなり、横から肘を掴まれて傍のボックス席に連れ込まれた。初回のレストルームでの一件を思い出して本能的に身構えていると、押し殺したような声がする。

「ごめん、悪いけどちょっと待って」

「は？」

よくよく周囲を眺めると、そのボックス席には笙と同世代か上くらいの青年がふたりいた。見事な金髪と黒髪が対照的で、見た目は派手だが剣呑な雰囲気はなく、笙を見る目は懇願するふうだ。

「ちょっとでいいから待ってやって。今、テルが頑張ってるとこだから」

金髪の方に真剣な顔で力説されてから、カウンター席にいる守川に線の細い青年が話しかけているのに気がついた。緊張気味に顔を赤くした青年を、守川は眉根を寄せて見返している。

守川に告白するか、誘うかしているわけだ。納得し頷いて座り直した笙に、ボックス席の彼らがほっとするのがわかって、つい胡乱な顔になってしまった。物言いたげな表情になった彼らに首を傾《かし》げることで水を向けてやると、黒髪の青年が思い切ったように言う。

「あんた、モリカワさんの飲み友達ってマジ？　実は恋人とか」

「それはない。いい人だと思うし好きだけど、それは友達としてであって、恋愛感情はないよ」

「……モリカワさんが、自分から誰かを隣に座らせたのはあんたが初めてだって聞いたけど？　誰に誘われてもその気がないって断ってたって」

「うん、それも聞いてる」

即答した笙に、今度は金髪の彼が窺《うかが》うように言う。

「聞いたって、どういう意味？」

「当分恋愛する気はないって守川さん本人から聞いた。だからおれが飲み友達なんだろ。おれもしばらく恋愛したくないし、するなら相手は女の子がいいんだよね。要するにお互い対象外ってことで」

言い切ったちょうどその時、カウンター前にいた青年が守川に頭を下げるのがソファの隙間から見えた。そのまま、悄然《しょうぜん》とこちらに戻ってくる。

「んじゃ、おれはこれで。お邪魔しました」

まだ何か言いたげなふたりににっこり笑顔を向けて、笙はその青年と入れ違いに守川の隣に戻る。向けられる視線の意味を察した上で、何事もなかったかのように言った。

「守川さん、それもうなくなりますよね。次、何飲みます？」

「同じのを頼もうか。きみはどうする？」

「せっかくなんでちょっと変えてみます」

差し出されたメニューを広げて眺めていると、隣でぼそりとつぶやく声がした。

「……人それぞれ事情はあるからな。一概にきみだけが悪かったと思う必要はないんじゃないか？」

反射的に目を上げていた。じっと横顔を見つめても、守川はタンブラーの中の酒を眺めるばかりだ。カウンターの向こうにオーダーを伝え、目の前でステアされた酒を受け取ってから気がついた。今の守川の言葉は、先ほど笙がこぼした愚痴に対する気遣いだ。

「……ありがとうございます」

思いがけなさに困ったのを見透かしたように、「いや」と短い声が返る。向けられた表情は会社で見かけるものとは別人のように柔らかくて、男前の上に気遣いが細やかだと感心した。

どうして守川は誰ともつきあおうとしないんだろうと、疑問が浮かんだ。

守川は異性だけでなく同性受けもいいし、声をかけてくるのも年上から年下までさまざまだ。気軽に誘うにはハードルが高いだけあって声をかける方もそれなりの気構えが必要だし、実際にいい感じじゃないかと思える人物も何人かいた。

なのに、守川はその場で一緒に飲むことすらしない。丁重に、けれど即答で全部断っている。

恋人を大切にして、きちんと長くつきあっていける誠実な人だ。同じように恋愛を遠ざけていても、根本的なところが笙とはまるで違う。そういう人が、なぜ頑《かたく》なにひとりでいようとするのか。

気にならないと言えば嘘になるが、笙はただの飲み友達だ。都合がつく時にこのバーで会って飲みながら楽しく雑談するだけの関係であって、詮索《せんさく》できる立場にない。

不思議だと思っても、その先には踏み込まない。そのスタンスが、笙にはとても気楽だった。


基本的に、守川は酒に強い。

飲み友達になって知ったが、飲み方も酔い方もスマートだ。度数の高い酒を、会話を楽しみながらゆったりと飲んでいる。酒量は少ないとは言えないのに、顔色も物言いも動作も変わらない。半分以下しか飲まない笙がたまに帰り際にふらつくと、沿線の駅まで送ってくれるほどだ。

それが当たり前だと思っていたから、正直、この事態は予想していなかった。

「セイくん、車、来たようですよ」

「すみません、ありがとうございます。——守川さん、平気ですか。歩けますか？」

マスターの声を受けての筆の呼びかけに、カウンターに肘をついていた守川は間延びした動作で目を開いて浅く頷く。自力で止まり木から下りたものの、足元がふらついていた。気になって横から手を貸すと、守川の手のひらは筆のそれより熱い。

「すぐ外にタクシー呼んでもらってますから。そこまで頑張ってください」

「ああ……」

途中で吐息になった声の続きは、おそらく「すまない」だ。この状況でも変わらない紳士ぶりに感心しながら、バーの外の歩道沿いで待っていたタクシーに乗り込むまで手を貸す。

「大丈夫ですか。ひとりで帰れますか？」

「……——」

後部座席に座った守川の答えはなく、姿勢は思い切り斜めだ。もう一度声をかけたら辛《かろ》うじて何かつぶやいたものの、まともな言葉になっていない。

「お客さん、どうします？　一緒に乗っていくんですか？」

運転席からの声にじゃあと離れかけると、熱い指に手首を摑まれた。

「守川さん？」

「だい、じょうぶだ。迷惑をかけて……」

ぐったりした声の響きに、しょうがないと腹を括った。「一緒に行きます」と宣言して後部座席に乗り込むと、笙は守川から住所を聞き出す。地名と番地を運転席に伝えると、すぐに車は走りだした。

時刻は午後十時を回ったばかりで、いつもならまだカウンター席で飲んでいる頃だ。気分が悪いのか、しかめっ面で瞼《まぶた》を閉じた守川を眺めながら、今日はイレギュラー続きだと思う。

……電話で席を外して戻ってから、守川のペースが速くなった気はしていた。物言いや表情はいつも通りでもどこか違和感があって、もしかしたら無理をしているんじゃないかとは思っていた。けれど、いきなり潰れてしまうとは考えてもみなかったのだ。そういえば、マスターやバーテンも驚いた様子だった。

守川の様子を気にしながら目をやった窓の外は暗く、町並みも初めて見るものだ。帰りはタクシーが無難かと思った時、減速した車が路肩に寄せて停《と》まった。

「すみません、いくらですか?」

運転手の答えを聞いて財布を開こうとした時、シートに沈んでいた守川がいきなりむくりと起き上がった。呆気に取られた笙をよそにてきぱきと支払いをすませてしまう。

たいしたものだと感心しながら、一足先に車から降りた。守川が出るのに手を貸すと、たった今気がついたというような顔で見下ろされてしまう。

「セイくん……? ああ、面倒をかけて申し訳なかったな。この車で帰るといい、タクシー代は今」

言いざま財布を開いた守川の身体が斜めに傾くのを目にして、ぎょっとした。半分抱きつくようにして転ぶのを回避すると、笙は後部座席のドア越しにこちらを見ていた運転手に声をかける。

「いいです、行ってください。ありがとうございました」

守川を引っ張って、通り向かいのマンションの正面入り口に移動した。ドアを閉じたタクシーが走り去るのを見届けてほっとしていると、上から声が降ってくる。

「私は大丈夫だから……きみも、帰らないと遅くなるし」

「明日は休みなんで、少々夜更かししてもどうってことありません。守川さんのうちはこのマンションでいいんですよね？　何階の何号室ですか？」

口調はしっかりしているようでも、身体は相変わらず斜めだ。笙が手を放したら、この場でひっくり返るか座り込んでしまうに違いない。強い口調で部屋番号を聞き出し、ものついでに奪い取った鍵で集合玄関を入ってエレベーターに乗った。

守川に抱きつく形で体重を支えて、七階でエレベーターを降りる。廊下を歩きながら、この人が社宅住まいでなかったことに心底感謝した。

鍵を開けて入った守川の部屋は、１Ｋアパート住まいから見れば贅沢《ぜいたく》すぎるほど広かった。

守川から聞き出して、玄関を入ってすぐの寝室に足を踏み入れる。ずっしりと笙に寄りかかっていた長身をベッドの上に転がして、ようやく一息ついた。守川の下敷きになった上掛けを引っ張り出して被せようとして、上まで止めたシャツの襟やベルトが寝苦しそうだと気づく。

「守川さん、服緩めてベルト取りますよ」

すでに意識がないらしい本人に一声断って上着を剝ぎ、スタンドカラーの襟を緩めた。腰のベルトを抜き、引っ張り出した上掛けを被せたとたんに腕を摑まれてぎょっとする。

てっきり眠っているとばかり思っていたのに、守川は目を開けていた。訝《いぶか》しげな、それでいて懐かしそうな目でじいっと笙を見つめて掠れた声で言う。

「……いずみ？」

「は？　いや、それちが――……っ、うわ！」

否定する前に、摑まれていた腕を強く引かれる。半分以上ベッドに乗り出す格好だった笙はものの見事にバランスを崩して、守川の上に倒れ込んでしまった。

「……った……守川さん――」

人違いだと告げる前に長い腕が腰に回って、直後に視界が反転した。額同士をぶつける距離で真上から見据えられて、笙は自分が守川の下敷きになる形でベッドに転がされたのを知る。口にするはずの抗議は、中途半端に消えてしまった。

体勢とは裏腹に、守川の方が追いつめられているようだと思ったからだ。

「――……どうしてだ？」

押し殺したように低い声が、何も言えず見返すだけの笙に向かって同じ問いを繰り返す。

「どうしてなんだ？　いずみ、どうして――……」

訴える声が、少しずつ弱くなる。やがて言葉は寝言めいた音になり、ふっつりと消えてしまった。その頃には守川は笙の首元に顔を押しつけるようにして、ぐったりと動かなくなっている。

「守川さん？」

声をかけても背中を叩いても反応はない。それを確かめて、笙は守川の下から抜け出した。

ベッドに突っ伏した横顔は、苦しげに歪んでいた。悪い夢でも見ているのか、それとも寝苦しいのか。もぞもぞ動く肩に上掛けを被せて背中を撫でてみると、楽になったのかふっと静かになる。

「そうだ。水……」

ここまで酔っていたのでは、喉が渇いているはずだ。目が覚めた時、すぐ手が届く場所に置いてあった方がいいだろう。そう思って、笙はいったん寝室を出た。

家主に無断で家の中をうろついたことに関してはあとで謝ることにして、廊下の先にあったリビングと続きのキッチンで冷蔵庫を開けてみる。目に入ったミネラルウォーターのペットボトルを掴み出しながら、先ほどの守川の声を思い出す。

「いずみって、元恋人だよな」

酔っているせいで記憶と現実がごっちゃに混じってしまったのだ。笙の顔を見て、よりつきあいが長かったのだろう前の恋人と間違えたに違いない。

「どうして……か」

つぶやいて、笙は周囲を見回す。目に入ったキッチンもリビングもものが少なく整頓されていて、どことなく無機質だ。それを意外に思う一方で、ぴたりと嵌《は》まるものも感じている。

いつも冷静な守川があんなふうになるような何かが、前の恋人絡みであったということだ。外には見せないだけで、守川はずっとあの問いを抱えているのだろう。その結果、当分恋愛はいいと思うようになったのかもしれない。

洗面所からタオルを見つけて戻った寝室では、守川がうなされていた。ひっきりなしに寝返りを打っている上に、表情も苦しげだ。

水を枕元に置いたついでに、汗ばんだ額に触れてみる。ふっと声が止んだ気がして目をやると、心なしか守川はほっとしたような寝顔に変わっていた。どうやら落ち着いたらしい。

「水とタオル、ここに置いていきますから。おれ、これで帰りますね」

一応そう声をかけて寝室を出ようとした時、またしてもうなされる声がした。

「まさか、だよな？」

疑惑を覚えて、笙はそろそろとベッド横に引き返す。目の前にあった守川の腕を押さえるように手を置いてみると、声がふっと消えた。

「マジか……？」

人が傍にいて、どこかに触れていればうなされないのだろうか。半信半疑で腕の上に置いていた手を外し、代わりに上掛けをかけ直していたら、その手をいきなり掴まれた。

「いっ……、守川、さん？　起きてます？」

気を取り直して顔を覗き込んだけれど、守川は相変わらず目を閉じたままだ。

しばらく間を置いて掴まれた右手を引いてみると、しっかり握り直された。ひとまず動きを止め、守川の指から力が抜けるのを待って、今度は右手を引きながら左手で守川の指を剥がしてみる。案の定、笙の手を掴む力が強くなって、肘を伸ばす方向に持っていかれてしまった。

「……嘘だろ」

一回りも年上の、社内でも知られた切れ者だ。慕われていると聞く半面、近寄りがたいという話も多い。そういう人が寝ぼけてこんな真似をするというのが、予想外で笑えてきた。

守川を起こさないよう左手で自分の口を塞いでひとしきり笑ってから、笙は思案する。

——玄関ドアに郵便受けはついていなかったし、鍵を投げ入れられるような小窓も見あたらなかった。施錠せずに出ていくわけにはいかないが、笙が鍵を持ち帰るのも論外だ。一階エントランスの郵便受に放り込んでおく手もないではないが、独断でそれをするのもどうかと思う。

要するに、笙が取るべき行動はひとつ。

「守川さんが起きるまで待ってみる、か。まあ、明日は休みだしな」

預かった鍵をベッドサイドのテーブルに置くと、笙は邪魔にならないベッドの端に腰を下ろす。

笙の手首を握る指は、やはり熱い。思い立って触れてみた守川の額はさほど熱くはなく、だったら体調が悪いわけではないのかもしれない。

(どうしてなんだ?　いずみ、どうして)

耳の奥に、守川の苦しげな声がよみがえった。

「何で別れたんだろ」

詳しい事情はわからないし、この先もまず知ることはない。それでも、わかったことがある。

守川は、「いずみ」がとても好きだったのだ。別れても忘れられず、酔ってあんなに苦しむほど、——おそらくは誰とも恋愛する気になれないほど。

いったいどんな人だったんだろうと、笙は思う。

そこまで人を好きになるというのはどんな気持ちなんだろうと、そんな疑問が胸に落ちた。

4

週明けの月曜日に、笙《しょう》は社内の廊下で守川《もりかわ》を見かけた。

ぴしりとしたスーツにネクタイ姿で、部下らしい社員と話しながらきびきびと歩いている。表情は厳しいが声の調子からすると叱責や注意をしているのではなく、部下に指導しているふうだ。

いつも通りの守川だと思って、ほっとした。その一時間後、同僚たちと出向いた社員食堂の窓際の席で例によってひとりで食事している守川を目にした。

笙たちがのんびり食事をするのとは対照的に、守川は早々に席を立って社員食堂を出ていく。何となくその背中を見送っていたら、同席していた後輩が思い出したように言った。

「守川課長、ちょっと感じ変わったって話がありますよね」

「あ、オレも聞いた。前より雰囲気柔らかくなったとか、とっつきやすくなったとか」

「それ、どっから聞いたんだ？　見たところ、前と同じだけどな」

すぐさま後輩に賛同した同期とは違って、先輩の山科《やましな》の反応は怪訝《けげん》そうだ。実は同意見の笙も黙って聞いていると、後輩は小さく頷きながら言う。

「営業一課の内輪の話です。前と比べて投げやりな感じがなくなってきたとか」

「相変わらずつきあいは悪いみたいですけどね。接待には辛《かろ》うじて出るけど課内の飲みには不参加って、もしかして下戸なんですかねえ」

「下戸どころかザルのはずだぞ。飲んでも飲んでも平然としてるもんで、ザルじゃなくて筒じゃねえかって言われてたくらいだ」

同期の言葉をあっさり一蹴した山科に、内心で賛同した。守川のアレは、確かにザルというより筒だ。流し込んでもどこにも引っかかりがない。

そういう人が、先週末に限って悪酔いしたわけだ。考えてみると、何やら不思議だった。

その日の仕事上がりにロッカールームで帰り支度をしていると、守川からメールが届いた。内容は明日の火曜に会わないかという誘いと、その時は週末のお礼に奢らせてほしいというものだ。

「……守川さんだって十分律儀じゃん」

周囲に聞こえないようこっそりつぶやいて、筀はロッカーの戸を閉じる。

結局、筀はあのまま守川の寝室で、床に座り込み顔だけベッドに突っ伏した格好で朝を迎えた。

感心したことに、守川はずっと筀の手を握って放さなかった。またうなされるよりはと振りほどくのはやめたものの、男同士でひとつベッドはないだろうと遠慮した結果だ。

我ながら図太いことに、筀はその体勢で熟睡していたらしい。ふっと目を覚ました時、筀は広いベッドの上でひとりで寝かされていた。

ぎょっとして飛び起きたところに、守川が様子を見に来たのだ。男前な顔に申し訳ないとマジックで大書きしたような表情を浮かべて、開口一番に詫《わ》びを言ってくれた。

(そんなに飲んだつもりはなかったんだが、すまなかった)

守川は、昨夜の状況をほぼ正確に覚えていたようだ。バーで言動が怪しくなったところから寝室のベッドに上がるまでを時系列で並べて謝られてしまって、その様子に何だか笑えてきた。

（おれ、腹減ってるんです。キッチンと冷蔵庫の中身借りて、適当に作っちゃっていいですか？）

きょとんとした様子の守川から承諾をもぎ取って、他人のキッチンで二人分の朝食を作った。守川を呼んで差し向かいで食べ終えたらまたしても詫びられて、つい生意気を言ってしまったのだ。

（どうせ言ってくれるなら、ありがとうとか美味しかった、の方が嬉しいですねえ）

これには守川も苦笑して、今度は前夜の件も含めてお礼を言ってくれた。ふたりで笑ったあとは、守川の部屋で午後までＤＶＤを観たりしてゆったりと過ごした。夕方に帰る時には、守川が筌の自宅沿線の駅まで車で送ってくれた。

何とも緩い、気の抜けた時間だった。職場で一方的に見ていた時ともバーで一緒に飲んでいた時ともまた別の、守川の顔を見た。

「ま、あれはイレギュラーだけどな」

一言で片づけて、筌はその日のうちに守川宛に了承のメールを送った。

翌日火曜の定時に仕事を終え、アパートで着替えてから、筌はいつものバーに出向いた。

守川はまだ来ておらず、珍しいことにマスターも不在だった。カウンターの中にいたバーテンに訊いてみれば、所用で一時間ほど抜けているのだという。

「それはそうと、先週は無事帰れましたか」

「無事、帰りました。その節はいろいろお世話になりました」

酔っ払って眠りかけた守川という珍しい存在を前にあわあわしていた筌に、タクシーを呼ぼうと提案してくれたのはマスターと目の前の彼なのだ。

「それはよかったです。でも、守川さんにしては珍しかったですね」

「やっぱり？　ああいうの、滅多にないんですよね？」

「初めてですね。もしかしたら救急車の方がよかったかと、マスターと話したくらいで」

「大丈夫みたいですよ。翌朝にはけろっとしてましたから」

笙の答えにほっとした様子になった彼は、年齢的には守川より若く、笙より年上といったところだ。やや明るい色の髪は生まれつきか緩い癖があって、それが繊細な顔立ちによく似合っている。マスター以上に寡黙《かもく》らしく、こんなふうに話したのはこれが初めてだ。

その彼が注文した軽めのカクテルを出してくれたのと前後して、守川からメールが届いた。所用が詰まっているとかで、少々遅れるということだった。

了解の返信をしたあとで、守川の定位置とは逆隣に人が座る気配がした。

今の時刻は、カウンターに限らずそこかしこの席が空いている。胡乱《うろん》に思いながらそちらに顔を向けて、ぎょっとした。

初めて笙がこのバーに来た時、レストルームでいきなり羽交《はが》い締《じ》めにしてきた大男だった。大男の方は覚えていて隣に座ったらしく、カウンターに肘をついてじろじろとこちらを見ている。

「おまえ、俺とつきあわないか？」

今回は、ひとまず意志確認するつもりらしい。こちらを見る目が落ち着いているのを確かめて、笙は意図的に儀礼的な笑顔を作った。

「あいにくですけど、今は相手を募集してないんです。他を当たってください」

お断りする時は、にこやかに有無を言わせずというのが一番だ。「そうか」と答えた大男は存外素直に止まり木から下りて、ボックス席に向かった。それを見届けてほっとしていると、ぽつんと声が聞こえてきた。

「顔と声はよく似てるのに、人あしらいはずいぶん違うんですねえ」

グラスを磨いていたバーテンはどうやら独り言のつもりだったらしく、きょとんと見上げた笙を見て困った表情になった。

「それって、守川さんの別れた恋人、ですよね。会ったことあるんですか？」

余計な詮索《せんさく》だと知っていても、どうしても止まらなかった。

「どういう人だったか、ちょっとだけ教えてもらえませんか。本人に訊くわけにはいかないんで」

「……ご存じなんですか？」

「初めてここに来た時に、守川さん本人から前の恋人に似ていると言われました。当分恋愛する気はないっていうのも、本人から聞いてます。その原因が前の恋人さんだとしたら、おれが守川さんの飲み友達してるのはよくないんじゃないかって、正直気になってるんですよ」

及び腰になっていたバーテンは、しかし笙の最後の言葉に何やら思うところがあったらしい。さりげないふうにカウンターを挟んだ向かいに立つと、わずかに笑って言う。

「以前、よくここに飲みにいらしていたのを見ただけなので、僕も詳しくは知らないんです。物言いも態度もとても静かな方で、いつもその席に守川さんと並んで座られていました」

笙がいる席を示されてつい止まり木を見下ろしていると、バーテンは声を落として続ける。

「顔立ちや声が、セイさんとよく似ている方でした。とてもお似合いでしたよ」

「……別れたのはどうしてなんでしょうか。守川さんはまだその人を忘れてない感じなんですけど」

週末の夜、うなされていた守川を思い出す。あの時の辛そうな表情が脳裏によみがえった。

困ったような顔をしたバーテンは、何度か躊躇《ためら》ってからぽつんと言った。

「……事故で亡くなられたと、お聞きしています。守川さんの目の前でのことだったとか」

声を失くして見返す笙に、バーテンは淡々と続ける。

「以降、守川さんは滅多に笑わなくなって、誰から誘われてもすべて断っているようです。——ですから、セイさんが守川さんに会いに来られた時も、飲み友達になったとお聞きした時も驚きました。初めてセイさんがここにいらした時、守川さんは表情をなくしておいででしたから」

「そうなんですか」

答える自分の声が、やけに遠かった。

もう二度と会えない恋人に似ているからこそ、守川はあんなふうに笙を見つめていたのか。

守川が笑わなくなったと、バーテンは言う。職場の古い先輩からも、異動前と今では別人のように違うと聞いている。そんなふうに人が変わるほど、守川はその人が好きだったのか。

男同士なのに。恋人を失うと、たかだか恋愛を失っただけで、人はそんなふうになるものなのだろうか？

それほどの好きは、どんなものなのだろう。どういう色で、どんな形をしているのか。誰の中にもあって、見つけられるものだろうか。

……彼によく似ているという筌を、飲み友達として傍に置こうという意図は何なのか。それは守川の心を抉《えぐ》る存在にならないか？

「もしかしておれ、守川さんに近寄らない方がよかっ……」

「ここ最近になって、守川さんはまた変わられたようですよ」

柔らかい声の響きに顔を上げると、相変わらず少し困った顔をしたバーテンが静かに言った。

「僕から見ても、よく笑われるようになりましたし、表情も明るくなられたと思います。それは、セイさんと一緒にいられる時間があるおかげじゃないでしょうか」

「……そうなんですかね」

言ったあとで、わかった気がした。

前の恋人を忘れられないからこそ、彼に似ている筌に声をかけたのだ。近くで見ているだけで十分に癒されるから、「飲み友達でいい」。そういうことなのかもしれなかった。

「余計な話をしてしまったようで、すみません」

「いえ。訊いたのはこっちなんで……勝手を言いますけど、守川さんには今の話は内緒に」

「もちろんです。できればマスターにも内密にお願いします」

ほっとしたように言ったバーテンが、出入り口に目を向ける。つられて振り返るとちょうど守川がやってきたところで、後ろめたさに顔を背けてしまった。わかりやすい反応をした自分を内心で罵倒しながらどうやってごまかそうかと焦っていると、近づいてきた足音が筌の傍で止まる。

「悪かったね。ずいぶん待たせてしまったようだ」

「いえ！　どうせおれ暇なんで、気にしなくても」

慌てて言った笙を見下ろして、守川は少し笑ったようだ。

「週末のお礼はまた今度として、これから食事につきあってくれないか？　実は夕食を食べ損ねてしまったんだ。――すみませんが、会計を頼んでも？」

予定外の言葉にぽかんとしている間に、守川は手際よく笙の分の支払いを終えてしまった。そのまま、笙は守川に連れられてバーを出ることになる。

バーテンの彼が、気がかりそうに見送っているのが目の奥に残った。


連れていかれた先は、バーから歩いて十五分ほどの場所にあるダイニングバーだった。ＢＧＭにクラシック音楽が低く流れる落ち着いた雰囲気の店で、料理が美味しく酒の味もいいという。

……もっとも、笙には料理の味などろくにわからなかったけれども。

個室ふうに仕切られたボックス席に腰を下ろして、笙は無言のまま、たった今運ばれてきたばかりの食後のコーヒーを眺めている。

すぐ追及されると思ったのに、守川はこの席についてからも食事中にもいっさいバーでの件には触れなかった。態度もかける言葉もいつもと変わりなく、それだけにかえって不安が増した。

とにかく謝ろうと顔を上げた。それを待っていたようなタイミングで、守川が言う。

「先週末はすまなかった。……バーで聞いていたのは、私の昔話かな？」

「バーテンさんに、無理言って聞き出したんです。本当にすみませんっ」

その場でがばりと頭を下げると、苦笑混じりの声が降ってきた。

「気になっても無理はない。全部は覚えていないが、あの時はかなり余計なことを喋《しゃべ》ったようだ」

「だから詮索していいって理屈にはならないです。すみません、おれ、自分がそういうの大っ嫌いだから人にもしないようにしてるはずなんですけど、すごく気になって」

言いながら目を向けると、守川は考え込むような顔で筀を見つめていた。

隣り合って話すことには慣れていても、こんなふうに差し向かいになるのは初めてだ。落ち着かない気分でもぞもぞと身動《みじろ》ぐ間も強い視線を感じて、筀は思い切って言う。

「おれ、守川さんの恋人さんにそこまで似てますか。飲み友達にっていうのは、観賞用の身代わりの意味もあったんですよね？　……そんなに恋人のことが好きだったんですか？」

最後に出たのは、ずっと抱えていた疑問そのものだ。いくら何でも不躾《ぶしつけ》すぎたかと後悔していると、じっとこちらを見ていた守川が小さく笑う。

「学生時代の友人で、在学中から片思いをしていたんだ。当時、彼には女性の恋人がいたから何も言わずに諦《あきら》めていた」

「え」

ぱっと顔を上げた筀を静かに見返して、守川は続ける。

「卒業後は共通の友人を通じて近況を聞く程度で個人的なつきあいはなかったんだが、同窓会で再会した時に、酒の勢いで告白してしまってね。そうしたら、彼は自分もそうだったと言ってくれた」

それをきっかけに連絡先を交換し、時々会うようになったのだそうだ。過去のことだったはずの感情が芽吹くのは早く、しばらくして恋人同士としてつきあうようになった。

当時の守川はすでに独立してひとり住まいで、恋人はまだ実家で暮らしていた。とはいえ誘い合って出かけたり、守川の部屋に彼が泊まりに来たりという関係は友人同士としても不自然さはなく、周囲に本当の関係を気づかれることもなかった。

恋人同士として二年目を迎えた五年前の初冬に、恋人からのたっての希望で初めてふたりで泊まりがけの旅行に出かけた。その旅先で、彼は事故に巻き込まれたのだという。

「当分は、何をしていても映画館でスクリーンを眺めているように現実味がなかったな。落ち着いたはずだったんだが、きみを初めて見た時は彼の幽霊かと思った」

コーヒーカップを口に運ぶ守川を眺めながら、筆は言う。

「……すみません。おれ、すごい無神経なこと……」

「気にしなくていい。もう何年も前のことだ」

「でも」

そう言いながら、守川には当分は恋愛する気がなく、あんなふうにうなされているのだ。

「だったら、おれと会うのってきつくないですか？　顔とか見てると、かえって思い出すんじゃありませんか」

「逆だな。むしろ、滅多に思い出さなくなった」

「は？」

ぽかんと笙が目を向けると、守川は頬杖をついて楽しげにこちらを見ていた。

「似ているのは顔と声だけで、表情の作り方や話し方がまるで違う。服装もそうだが好む酒や食べ物も別だし、行動パターンとなると似ても似つかない」

返答に困って目を白黒させる笙を眺めながら、守川はさらりと言った。

「だから身代わりは無理だな。観賞用にしても写真がせいぜいだ。話すと明らかに別人だからね」

「顔と声がそっくりだったら、十分じゃないですか？」

「似すぎているから、かえって似ていないところが際立って目につくんだ。当初はともかく、ここ最近は彼ときみを重ねたことはないよ。実を言えば、二度目に会った時点で全然違うと思ったしね」

「二度目で、ですか？」

考えがまとまらず頭を掻いてた笙に、守川は「そう」と頷く。

「もう終わったことなんだ。……きみが終わらせてくれた、とも言えるが」

告げられた声の意味深な響きにどきりと目を上げると、守川がこちらを見ていた。

「二度目に会った時に言ったことを撤回する。その上で、きみに伝えたいことがある。――私は、恋愛という意味できみを好きになったようだ。できれば恋人としてつきあってもらえないだろうか」

咄嗟《とっさ》に返事ができなかった。守川の態度は当初から今日に至るまで一貫して模範的な紳士そのもので、これといった変化など欠片《かけら》もなかったのだ。

「……すみません。そういうのは、無理だと思います」

ひっかき回されたような頭の中、最初に浮かんできた言葉を口にする。そうしたら、次に言うべき台詞《せりふ》が芋蔓式《いもづるしき》にぞろぞろと出てきた。

「おれは女の子としかつきあったことがないし、同性とどうこうとか考えたこともないし。それに、守川さんとはあくまで飲み友達としてのつきあいで」

「わかっているよ。無理強いするつもりはない。ただ、何も言わずにアプローチするのはフェアじゃないと思ったんだ。ここ最近の私は、きみと会っていて下心満載だったからな」

「下心って……」

「これまで考えたことがないなら、きちんと考えてみてくれないか？　その準備ができるまでは、そうだな。ひとまず棚上げという形で今まで通り友人としてのつきあいを続けておこうか」

「はあ……？」

少しばかり収まりかけていた混乱が、さらにひどくなった。

「何なんですか、それ。中途半端すぎておかしくないですか？　第一、あり得ないですよ」

この手のことに関して、笙の辞書に棚上げという言葉はない。告白されればその場で受け入れるか断るかだ。そして相手が守川となると、脳裏に浮かぶのは対象外の三文字のみだ。

「あり得ないというのはどういう意味かな？」

「だって、基本的なところで無理ですよ。おれと守川さんだと価値観が合わないじゃないですかっ」

「価値観というのは、性的指向という意味か？　それなら承知の上なんだが」

「それもありますけど、守川さんてちゃんと恋愛する人ですよね。亡くなった恋人さんを何年も想っていられるとか、そういう意味です。そういうまともな感覚がおれにはないんです。はっきり言って、よくわからないんで」

言葉を探しながら、ようやく思い当たる。恋愛対象外だったから考えもしなかったけれど、同世代か年下の女の子だったら絶対に近づかない。守川は、笙にとってそういうタイプなのだ。

「まともも何も、きみにも恋人はいたんだろう？」

「いても長続きしないんです。おれにとっての恋愛は一過性のブームみたいなもんで、すぐ終わるし飽きるのも早いんです。それに前にも言いましたよね。おれって恋人としては最悪なんですよ？」

荒く息継ぎしていると、守川は「なるほど」と頷いた。面食らった笙に、静かに笑って言う。

「だが、人と人とでは相性というものがある。実際に最低の恋人になるとは限らないし、すぐ飽きるかどうかになるとつきあってみなければわからないだろう？」

「でもですね」

「きみは男と、私は最低の恋人とつきあってみる。どちらも試しで実験だと考えてみてはどうかな」

「何でそうなるんでしょうか」

「私の過去を知りたいと思う以上、きみは私に対して何らかの興味があるはずだろう」

告げられた内容にぐうの音《ね》も出なくなった。どうしようか迷って、笙は言う。

「興味があるのは確かですけど、全然意味が違いますよ。正直に言いますけど、物理的に離れた相手を何年も好きでいられる心境っていうのがおれには全然わからないんです。好きとか愛してるとか、つきあってる子に言ったことはありますけど実感としては意味不明なくらいで」

言葉を切って、続けていいものか悩む。それでも、この人に半端なことは言えないと思い直した。

「守川さんが前の恋人を忘れずに誰ともつきあわずにいるっていうのが不思議で、何でそうなるのかに興味があっただけです。その答えもわかった気がするから、もういいです」

「わかったというのは、どういう答え？」

「価値観っていうより、そもそも人としての種類が違うんですよ。おれ、かなり薄情で適当な遊び人ですよ？　前の彼女の中には二重人格だとか、騙《だま》されたって言った子もいたくらいです。そういう奴と、守川さんみたいに相手を思って恋愛できる人が釣り合うわけないし、無理です」

「無理なのか」

「そうです。守川さんみたいな人は、おれみたいなすれっからしなんか相手にしちゃ駄目です」

言い切って、コーヒーカップの中身を飲み干す。その間もずっと、守川の視線を感じていた。

「厭《いや》とか駄目ではないわけだ。それなら、可能性はなきにしもあらずだな」

カップを握ったまま無言で眉根を寄せた筀をよそに、守川はテーブルの上で軽く腕を組む。

「友人づきあいを続けながら、どこから無理なのかを試してみるというのはどうだろう。急ぐつもりはないから、きみのペースで構わない」

直球で断ったはずが、思いも寄らない方角に投げ返されて受け止め損ねたという感覚だった。

週に一、二度、数時間を一緒に飲んでいただけだ。守川は未《いま》だに筀の本名も、実は同じ職場に勤めているということも知らない。

そんな相手に、どうしてそこまで入れ込めるのか。前の恋人の観賞用代用品としてと言われたなら納得がいくけれど、たった今、守川本人から「似ていないところがいい」と告げられたばかりだ。

思考が空白になったまま、笙は会計をすませた守川についてダイニングバーを出た。

「まだ時間が大丈夫なら、少し歩かないか？」

これまでと同じ調子の声に引き込まれるように頷いてから、いいのかそれでと思う。だが、今さら厭だと主張する気力もなく、守川について通りを歩いた。

気候はちょうどいい頃合いだ。週日の夜とはいえ、足を踏み入れた川土手沿いの遊歩道にはそこかしこに犬の散歩らしい人影や会社帰りらしき姿があって、それを物珍しく眺めてしまう。

笙の遊び先は繁華街のみで、こうした場所は移動の時に通るか部署内での花見で出向く程度だ。闇の中、白い光にライトアップされた銀杏《いちょう》の葉の黄色があれほどきれいで鮮やかなのだと、今夜初めて知った。

「すごい、きれいな色ですね」

「ここのは遠目にもかなり目を引くね。夜もいいが、昼間に見るのも雰囲気が違っていい」

「詳しいですね。このあたりにはよく来るんですか？」

「写真を撮りに来たり、考え事をする時に歩いたりするよ。いい気分転換になる」

「へー……」

健康的というか、笙にはよくわからない感覚だ。そういうところも相容《あいい》れないんじゃないかと、頭のすみでちらりと思った。

「守川さん、おれのどこがいいんです？　その、顔と声以外は前の人と全然違ってるんですよね？」

懐疑的な声音に気づいたらしく、街灯の下で振り返った守川は整った顔に苦笑を浮かべた。

「律儀で真面目なところかな。あと、時々やたら不器用になるだろう？　見ていて可愛いと思う」

「か……」

予想外の言葉に、絶句した。過去に女の子に言った台詞だが、こういう形で自分が言われる日がくるとは夢にも思っていなかった。

可愛い扱いそのものには、不本意ながら慣れている。母親譲りの繊細な顔立ちのせいで中学までは同級生にも言われていたし、遊び仲間の中にもその類のからかいを口にするのがいる。いずれも気分のいいものではなく、むっとするのが常だった。

なのに、――どうして今の自分は腹が立たないのか。

守川の表情や声で、それが揶揄《やゆ》ではなく本気だと伝わってくるからだ。ずっと年上の同性にこんなふうに言われたのは初めてで、反応に迷う。

「こちらからも質問していいかな。――男とキスしたことはある？」

いきなりの問いにぎょっとした。いつの間にか守川は笙の目の前にいて、顔を近くに寄せている。

「……コンパの罰ゲームとか、友達と酔っ払ってふざけて、だったらありますけど」

「だったらそれと同じつもりで、私からしても構わないか？　厭なら突き飛ばして逃げていい」

静かな表情で言われて、内容とのギャップに頭の中が混乱した。理解を拒否した思考と一緒に身体ごと固まっていると、守川の気配がさらに近くなる。

制止しようとした時には遅かった。近すぎる距離に反射的に目を閉じた一秒後に、無意識に引き結

んだ唇に温かいものが押し当てられる。ほんの二秒足らずで、それは呆気なく離れていった。

「気を悪くしたかな。……耐えられないほど厭だった？」

「……――」

ぎくしゃくと首を横に振ると、守川の表情が目に見えて柔らかくなる。それで、守川も緊張していたのを知った。

そのあとは、ほとんど話もしなかった。笙の自宅アパートの最寄り駅を通る地下鉄路線駅の入り口に着くと、守川は「気をつけて」と言い残して元来た道を引き返していく。

遠ざかる背中をぼんやり見送っていると、角を曲がる前に守川が振り返った。足を止め、手振りで早く行くよう促してくる。会釈をした笙が顔を上げても守川が歩きだす素振りはなく、直感的にこちらが行くまで動かないつもりだとわかった。

階段を下りて電車の窓際の席に腰を下ろした時、守川からメールが入った。次の誘いだった。

返信画面を表示したまま、無意識に指先で唇を押さえていた。いつになく返事に迷って、自宅最寄り駅に着いても自分の部屋に帰ってからも文面が思い浮かばなかった。

守川の告白やキスにまるで嫌悪感がないのに気がついたのは、自室でシャワーを浴びている時だ。気を悪くするどころか、こうなっても飲み友達をやめたくないと思っている。

飲み友達ならこれから新しく作ればいいし、そもそも遊び仲間なら大勢いる。あり得ない告白など、とっとと断りの返事をしてしまえばいい。

そう思いながら、笙はただただ困り果てている。そんな自分こそが、一番の大問題だった。

5

江藤《えとう》から電話が入った時、笙《しょう》は仕事を終えていったん帰宅し、セイらしく身支度をして再び最寄り駅に向かう途中だった。

『お疲れー。あのさ、これから三奈子《みなこ》と夕飯しに行くんだけど、一緒に来ない？』

「悪い。今日は先約があるんだ」

『またかよ。ここんとこ誘っても全然遊びに来ないし、いくら何でもつきあい悪すぎない？』

即答する江藤の声には拗《す》ねた響きがある。それも道理で、この半月はいつもの遊び場に顔を出す頻度が以前の半分以下になっているのだ。

手の中のスマートフォンを持ち直して、笙はいつもの口調で言う。

「悪いな。けど、久しぶりに会うんだろ？　おれがいたってお邪魔虫になるだけだぞ」

『三奈子もセイに会いたがってんだよ。前に言っただろ、セイの顔が好きなんだって』

江藤の恋人は五つ年下の大学院生で、何より研究が大好きという一点集中型の女の子だ。教授のおともでフィールドワークに飛び回っているとかで、時期によっては江藤も会えない日が続くという。

恋人の友人の顔が好きだと言い切る彼女とそれに応じて笙を呼び出す江藤は傍目にもお似合いで、微笑ましいことだとつい笑ってしまった。

「明日か明後日ならつきあうよ。けど、今日は無理だ」

『ふーん。それって新しい彼女ができたから？』

「残念、それはない。飲み友達ならできたけどさ」

即答した笙に、江藤は露骨に食いついてきた。

『飲み友達って、もしかして会社の人？　とうとう猫被るのやめたんだ？』

「それ、関係ないし。遊びに行くのはほとぼりが冷めてからだな。おれとカオリが揃うと、みんな楽しくないだろ」

一時、笙を目の敵《かたき》《め》にしていたカオリが、ここ半月でやたら笙と遊んでいるメンバーに絡むようになった。それも、男には抱きついたりしなだれかかったりし、女の子にはじろじろ眺めたり聞こえよがしの嫌みを言ったりする。空気が悪くなるのは当然で女の子たちの間ではあっという間に噂になって、男同士の仲間内でも目に余るという話になっている。それは江藤もよく知っているはずだ。

『カオリちゃんなら大丈夫だよ。新しくできた彼氏にすんごいめろめろになってるから。こないだ会った時なんか、セイも好きに遊びに来ればいいのにとか言ってたよ。たぶん、新しい彼氏のこと自慢したいんじゃないかな。セイよりずっといい男らしいから』

「んじゃ、近いうち遊びに行くよ。おまえが行く時、また連絡して。三奈子ちゃんによろしくー」

最寄りの地下鉄駅の入り口が見えてきたところで、話が終わった。スマートフォンをジーンズの尻ポケットに押し込んで、笙はタイミングよくやってきた電車に乗る。

十一月に入ったせいか、乗客の多くが上着や薄手のコートを羽織っている。夜を映して鏡になった窓の中に映る笙自身も、スタンドカラーのカットソーにコートという格好だ。それを見るともなく眺めながら、これから会う相手——守川《もりかわ》のことを考える。

キス事件の翌日、笙は守川からのメールに了承の返事を送って、四日後に顔を合わせた。態度が豹変《ひょうへん》したら即逃げようと身構えていたが、守川は以前とまったく変わらなかった。例のバーで飲む間にも距離を縮めようとする雰囲気はなく、どうやらからかわれたらしいと理解した。詮索《せんさく》された意趣返しにしても、ああいうやり口はどうなのか。少しばかり腹は立ったが、分が悪いのは笙の方だ。罰ゲームレベルのキスでチャラにしてもらえるならと飲み込むことにした。

帰り際に少し歩かないかと誘われてほろ酔い気分で了承したら、森のような公園に連れていかれた。近くにこんな場所があったのかと感動している時に、またしても不意打ちでキスをされたのだ。己の学習能力の低さに呆然としている時に間近で守川が笑うのを目にして、今度こそ本気で抗議した。

(何するんですか、いきなり)

(念押しだ。前回のことを、なかったことにされては困るのでね)

返った言葉は図星そのもので、安心していた足を掬《すく》われた思いがした。辛《かろ》うじて、だから無理だと言っただろうと訴えたのは、ぬけぬけとした一言で流された。

(知ってるよ。だから考えてほしいと言っている)

そのくせ、あくまで飲み友達として誘ってくるのだから困るのだ。あれ以降も、以前とほぼ同じペースで会って飲んだり食事をしたりしている。

いいのか自分、と何度も思ったし、本音を言えば今でも思う。思った端から「でもしかし」と考える。——守川と会って飲むのは楽しいし、性急な返事は求められていない。別れ際にはキスされるけれど、守川は必ず事前に笙の許可を取ってくれる。返事に困っているのを了承と見なされるとはいえ、キスする時の守川は笙の顎《あご》や頬に手を添えるだけでけして拘束はしない。

最初は押し当てるだけだったキスが、今は唇を唇で挟んで舌先で唇を撫でてくる。互いの唇で遊んでいるようなものなのに、ぼうっとしてしまっていることも多い。

まずい状況だという気はとてもする。困っているのに嫌悪はなく、守川に会うのは楽しみだ。

悩みながら駅の改札口を出ると、そこにはスーツにネクタイで背すじを伸ばして立つ守川がいた。向けられた柔らかい笑みに、胸の中がどきりとする。

「お疲れさま。迷わなかったか？」

「お疲れさまですけど、迷いませんよ。表示見て、中央改札口に出るだけじゃないですか」

「方向音痴の友人なら、間違いなく迷うレベルだよ。その場合、ホームまでの迎えが必要になる」

「マジですか。友人ってことは守川さんと同世代ですよね？　子どもの頃の話とかですか？」

「去年の話だ。表示を見たと本人は主張したが、中央改札口の約束が地下街に迷い込んでいた」

今日の行き先は、守川が友人に教わったビストロだ。笙が好みそうな店だからと、誘ってくれた。

午後八時を回った繁華街は人で溢れていた。知らない通りということも重なって、笙は守川から遅れ気味になる。はぐれまいと足を速めたら、先にいた守川が斜めに振り返って言う。

「迷子になりそうだな。手でも繋いでおくか？」

ぎょっとして首を横に振ると、露骨に残念そうな顔をされる。それをじろりと見上げてやった。

「少しペース落としてもらえますか？　それで十分なんで」

「惜しいな。役得だと思ったのに」

くすりと笑われて、からかわれたような気分になった。自分の中にもほんのわずか惜しいと思う気持ちがあるのに気がついて、笙は慌てて首を振る。血迷うなと自分に言い聞かせた。

件《くだん》のビストロは、商店街から通り一本外れた場所にあった。煌《きら》びやかなネオンサインや派手な看板に慣れた目にはシックな店構えが地味に見えて、これで大丈夫なのかと余計なことを考えてしまう。

先を行く背中について店の入り口に向かった時、横から「守川？」という声がした。反射的に目をやると、スーツにネクタイの男性が意外そうにこちらを見ている。

「村瀬《むらせ》？　おまえ、何でここにいるんだ」

「仕事だよ。これから何か食って帰ろうと思ってたところだ。おまえも夕食か？」

守川と同世代で、互いを呼び捨てにし合っている。それだけで、親しい友人らしいと察しがついた。まさか社内の人間ではあるまいなと目を凝《こ》らしてみたものの、笙にわかるのは自分が所属する課とその周辺の者だけだ。気を引き締めたところで、村瀬と呼ばれた相手が好意的とはいえない目でこちらを見ているのに気がついた。

「紹介しておこう。友人の村瀬だ。職場が近い上によく町中をふらついているから、この界隈《かいわい》のことをよく知ってるらしくてね。実を言うと、この店に私を連れてきたのはこいつなんだ」

「どうも、村瀬靖史《やすし》といいます。この近くの高校で数学を教えています」

声音も物腰も表情も、落ち着いた大人そのものだ。守川の隣にいて、対等な関係だと伝わってくる。上からの気配があるのは、おそらく職業柄だ。そう納得したものの、どうにも緊張が消えなかった。

「セイ、といいます。守川さんとは飲み友達で」

「この間、話しただろう、私の片思いの相手だ」

付け加えられて、いきなりそれはと目の前が白くなった。反射的に目をやると、苦いものを飲み込んだような顔になった村瀬が一瞬後に笑みを作る。

「デート中なのか。邪魔して悪かったかな」

「わかってるなら野暮はなしだ。嫌われたくないんでね。——大丈夫だ。村瀬なら知っているから」

「……そうなんですか?」

後半の言葉は笙に向けられたもので、その内容にほっとした。先ほどの村瀬の表情が妙に脳裏に焼きついて、笙の中で警戒心が強くなる。

「できれば夕飯に同席させてもらえないか? 食べて帰りたいんだが、ひとりではな」

「家はいいのか? 奥さんとマイちゃんが待ってるんじゃないのか」

「用があって実家に里帰り中でね。帰って作るのは面倒だし、コンビニ飯はまずい」

そう言う村瀬は、守川ではなく笙の反応を窺《うかが》っているふうだ。どうしたものかと守川を見ると、ちょうどこちらを見ていたらしく視線がぶつかった。

「野暮はなしだと言っただろう。必死で口説いているところを邪魔するなよ」

快諾するとばかり思っていたから、その答えは意外だった。同じように思ったのか、村瀬は意味ありげな視線をちらりと笙に向けてくる。

「はいはい。じゃあまたそのうち——」

「あの！　おれは別に、同席していただいても構いませんけど」

村瀬の態度がどうにも気がかりで、気がついた時にはそう口走っていた。ここで別れたらまず会うことはないと思えばなおさら、そのままにしておけなかった。

筌を気遣ってか気乗りしない様子の守川を押し切って、三人で店に入った。出迎えた店員に名乗って人数変更を告げたところを見ると、守川はきちんと予約を入れていたようだ。案内された個室の掘《ほ》り炬燵形式《ごたつけいしき》になったテーブルに筌と守川が横並びに座り、その向かいに村瀬が腰を下ろした。

「セイくん、だったな。結構年下だと思うんだが、年はいくつなんだ？」

「……二十七ですけど」

「そうか。で、何の仕事をしているんだ？　見たところ、屋外じゃなく屋内で働いてるようだが」

矢継ぎ早の問いに顔を顰《しか》めたくなるのをぎりぎりで堪《こら》えて、筌はぼそりと言う。

「ふつうに、会社員やってますが」

「どのあたりに住んでるんだ。実家か、それとも独立してるのか？」

眉根を寄せた筌が口を噤《つぐ》むと、代わりに隣にいた守川が呆れたような声を上げた。

「そのへんでやめておけ。初対面の相手に言うことじゃないだろう」

「けど気になるだろ？　一回り近く歳《とし》が離れてるのに、どういう接点があったのかとかさ」

悪びれたふうもなく言いながら、村瀬は外したネクタイを丸めて上着のポケットに押し込んでいる。

その口調も表情も、いかにも教師ふうだ。

「好奇心旺盛にしてもやりすぎだ。セイくんは私の友人であって、おまえの生徒じゃない」

「はいはい、俺が悪かったよ。セイくんにも申し訳なかった。けど最後にひとつだけいいかな。フルネームは何て言うんだ？」

「は？」

眉根を寄せたあとで、気づく。そういえば、村瀬はフルネームを名乗り職業も口にしたのに、笙は呼び名しか名乗っていなかった。

思考を過《よ》ぎった反発に、笙は無言で奥歯を噛む。守川にすらまだ明かしていない本名を、どうしてこの男に名乗らねばならないのか。あるいは言う必要があるのだとしても、守川に話す方が先だ。

「身上調査するつもりなら同席はなしだ。問答無用で追い出すが、どうする？」

いつになく強い口調で守川が言うと、斜向かいの村瀬はお手上げとでも言うように両手を上げて肩を竦《すく》めてみせた。意図的にだろう、まっすぐに笙を見る。

「すまなかったね。悪い癖が出た。やはり俺は退散した方がいいかな」

「……いえ、別に。気にしませんから」

とっとと帰れと言いたいのを辛うじて堪えながら、笙は今さら思い当たることがあった。

守川がそちらだと知られていて、なおかつ躊躇《ためら》うことなく片思いの相手を引き合わせられる友人。それが村瀬なら、彼は守川の前の恋人とも面識があったのではないか。笙に対して挑発的なのは、彼と比べてあまりにも不出来だから――守川には不似合いだと判断されたからではないのか？

美味しかったはずの食事が、色が抜けたように味がしなくなった。守川は何かと気遣ってくれたし、村瀬の態度も丁寧だったのでそつなく過ごしたものの、胸の奥のむかつきは増していくばかりだ。

村瀬への不快感のせいだけでなく、彼と守川の間にある空気に疎外感を感じたのだ。笙には常に紳士的な物言いをする守川が、村瀬が相手となると遠慮なく嫌みを言ったり容赦がなかったりする。

当たり前のことだと、わかってはいる。長いつきあいの友人と、出会って間もない飲み友達兼想い人を同列に扱う人間はまずいまい。

なのに、どうしてこんなにも不愉快なのか。なぜ胸が焦《こ》げるような重い感情が滲《にじ》んできてしまうのだろうか。

「セイくん？　疲れたかな」

「……いえ、平気です。すみません、ちょっとぼけっとしてました」

いつも通り笑えている自分が不気味だった。気遣うようにこちらを見ている守川に向かって、わざと明るく言い放った。

「もしかして酔っ払うかもしれないんですけど、もう少し呑んでもいいですか？」

6

ビストロを出てすぐに「もう一軒行かないか」と言いだした村瀬《むらせ》に、守川《もりかわ》は断りを入れた。

「明日は朝が早いんだ。今夜はこれで帰るとするよ」

「残念だな。じゃあ、また連絡するよ。今日は邪魔して悪かった。——セイくんにも、失礼したね」

「いえ。別に」

自分でも突《つ》っ慳貪《けんどん》だと思ったけれど、それ以上の言葉が出なかった。

私鉄の駅に向かうという村瀬を見送ってから、守川に「行こうか」と促される。それが合図になったように、笙《しょう》は守川を見ないままぼそりと言った。

「久しぶりに会ったんだったら、村瀬さんと飲みに行かれた方がいいんじゃないですか？」

思いのほか尖《とが》った声をごまかすように、笙は用意しておいた札と硬貨を差し出した。

「おれは、ここで失礼します。……あと、これ。おれの分、お渡ししておきます」

いつものバーではマスターの方から割り勘にしてくれるが、それ以外の店では守川がまとめて支払い、あとで笙が半額分を渡すのが定番なのだ。

どうしてか、守川はすぐには受け取ってくれなかった。ややあって伸びてきた手に札ごと手を握り込まれて、笙ははじかれたように顔を上げる。

「不躾《ぶしつけ》な友人で失礼した。近いうちにはっきり言っておこう」

守川の声には馴染《なじ》みの気遣いがあって、一瞬にして子どもじみたやつあたりをしたのを後悔した。

「いや、そうじゃなくて」

「もし次があったとしても、相席は必ず断るよ。言い訳にしかならないが、村瀬に悪気はないんだ。どうも、私のことが気がかりなようでね」

苦笑混じりの声が村瀬を庇うのを聞いて、すっと気持ちが冷えた。

「邪魔してたのはおれの方だと思いますけど。とにかく、早く追いかけた方がいいですよ」

自分の言い分にうんざりしていると、ふと目の前に影が差した。守川の気配が近くなったのを知って、どきりとする。

「今日はきみが先約だし、デート中に好きな相手を放って友人と飲みに行く趣味はないな。どうせなら、ふたりきりで飲みに行きたいと言ってもらいたいね」

「飲みに行ってどうするんですか。明日は朝が早いんですよね？」

「いや？　通常通り出勤だよ。早く行く理由も必要もない」

「え……」

即答されて、ようやくそれが村瀬の誘いを断る口実だったのだと知った。

ほんの少しだけ、溜飲が下がった。それでも消えない不機嫌に、笙は睨《にら》むように守川を見つめてしまう。そっと肩を押されて、渋々守川について歩きだした。

「……村瀬さんて、守川さんの前の恋人とも面識があったんじゃないですか？」

かなり不躾な問いなのに、守川は落ち着いた表情で肯定する。隠さない率直さに気持ちの一部が緩むのを感じながら、それ以上の疎外感に胸の奥を削られた。

「おれが気に入らないみたいですね。確かに前の人と比べたら、おれなんか不出来でしょうけど」

いったん言葉を切って、笙は改めて傍《かたわ》らを歩く男を見上げる。

「守川さんも、そろそろお試しとかは終わりにして次の人を探した方がいいですよ。おれなんかよりずっと性格がよくて品行方正な相手くらい、その気で探せばいくらでも見つかるはずです」

言いながら、自分の台詞《せりふ》に腹が立ってきた。そんな自分に呆れていると、守川がふいに足を止める。

二歩ばかり行きすぎて立ち止まったものの、そこは車が行き交う幹線道路沿いの歩道の上だ。

後戻りした笙を、守川は夜目にもわかる物言いたげな顔で見下ろしてきた。「あの？」と言いかけた声を遮るように、低い声で言う。

「それは、妬《や》いてくれているのか？」

「……はあ？」

ぽかんと見上げた頰を長い指で撫でられて、びくりと肩が跳ねた。守川の言葉の意味に気づいて、笙は慌てて首を振る。

「ちが、村瀬さんがおれを気に入らないんだろ？　守川さんにはもったいないとか思ってんだよ」

「あり得ないな。あいつが一番大事にしているのは奥さんと娘さんだ。……きみが少しでも妬いてくれたのなら私はとても嬉しいが、違うのか？」

直球で訊かれて、すぐには返事ができなかった。混乱した頭の中を必死で整理して、笙は守川の言葉を否定できないことに気づく。

自分より、守川と親しい人間の存在が許せなかった。自分と守川との間にある空気に他人の色が混じるのが、どうしようもなく厭《いや》だった。邪魔をするなと、思ってしまったのだ。

「……何だそれ。小学生かよ、おれ」

言葉遣いがぞんざいになっていたことにも気づかなかった。ばつの悪い気分でそろりと顔を上げてみると、守川は柔らかいのに見ているだけで胸がざわめくような顔で笙を見ていた。

目が合った瞬間に、胸の奥が苦しくなる。それは守川といることで覚えた感覚だ。帰り道で守川にキスされるたび、物言いたげな視線で見つめられるたびにじわじわと滲《にじ》んできた……。

この気持ちは、いったい何なのか。

村瀬に抱いた感情が嫉妬に似ていることはわかっても、自分がそう思う理由がわからない。守川をどう思っているのかをずっと考え続けて、それでも答えが見つからない。

――答えを知る方法を、笙はよく知っているはずだ。

胸に落ちてきた結論は笙には馴染《なじ》みのものなのに、今回は口にするのに勇気が要《い》った。いつになくもつれそうになる口を鼓舞しながら、笙は守川を見上げて言う。

「妬いたかどうかは、まだよくわからないんですけど。……どうせ試しなんだったら、一回おれと寝てみませんか？　そうしたら、たぶんおれも答えが出ると思いますから」

「――――」

守川の目線が、いきなり険しくなる。怯《ひる》んでから、笙は思い出した。そういえば、この人はきちんとした恋愛をする人だったのだ。

まずいしまった間違えた、と全身から血の気が引いた。

「あの！　すみません、おれ、女の子とつきあう時っていつもそんな感じなんで。厭そうな素振りがあったら近寄らないし合意がない限り触らないし、触る時があってもちゃんと避妊しますけど！」

そうやってつきあった彼女に軒並《のきな》みフラれたのだと思い当たって、何とも言えない気分になった。

これは、明らかに退《ひ》かれただろう。下手をしたら軽蔑ものだ。もっともそうならないのが不思議なくらいだったのだから、来るべき時が来たということなのかもしれない。

飲み友達も今日で終わりかと喪失感に俯《うつむ》いていると、上から静かな声が聞こえてきた。

「……本気で言ってるのか？」

答える前に見下ろす守川と視線がぶつかって、笙はたじろいでしまう。

守川の表情が、いつもとまるで違っていた。よく知っているはずの人が実は別人だったと思い知らされたような奇妙な違和感に、笙はその場で立《た》ち竦《すく》む。頷いてから、そうして自分を意識した。

開かれた客室ドアの中に入ってすぐに思ったことは、ラブホテルじゃないんだな、だった。

最初からわかっていたことだ。それなのに、品よく落ち着いた内装やふたつ並んだベッドを見ていきなり実感した。

――幹線道路脇の歩道で頷いた笙を見下ろしていた守川は、数秒間、無言のままだった。

空白になっていた笙の思考が動きだした、そのタイミングを待っていたように肘を掴まれた。優しいけれど強い力で引かれて、混乱したままついて歩いた。守川が停《と》めたタクシーの後部座席に押し込まれて、次に気がついた時にはこのシティホテルの前にいたのだ。

フロントに立つ守川の背中をぼうっと見つめながら、要するに笙が言ったことを実行するために――寝るためにここに来たのだと思った。

鍵を手に戻ってきた守川と、目を合わせることができず俯いていた。その様子をどう思ったのか、守川はさりげなく笙の背中に手を当ててエレベーターに乗せ、この部屋まで連れてきたのだ。

……たぶん自分がされる側なんだろうなと、痺れたような頭のすみにそんな考えが浮かんだ。男同士のやり方は聞いたことがあるものの、自分が守川を押し倒す図というのはどうにも浮かんでこなかった。

本当に、するのだろうか。

他人事《ひとごと》のように思った時、後ろから抱き込まれた。びくりと身を竦ませた笙に気づいたのだろう、耳元で苦笑混じりの声がする。

「無理だったらやめておこうか?」

「え……」

「気持ちの整理がついていないなら、そう言ってもらった方がいい。無理強いをする気はないんだ」

近く聞こえる声に、首の後ろや背中がぞくぞくとした。いつもより低い声がほんのかすかに掠《かす》れていて、それだけで守川が抑えているのが伝わってくる。

笙が誘ったからここまで来たのに、今になっても笙が逃げる余地を残してくれている。それがわかったら、かえって逃げられなくなった。

「……シャワー、浴びておいた方がいいですよね。おれ、先に行ってきます」

返事の意味を悟ってか、動きかけた腰を引き戻される。着衣越しに伝わってくる体温や少し上から聞こえる吐息がいつもとは違う気がして、どうすればいいのかわからなくなった。

「セイくん――」

吐息のような声に名を呼ばれる。くすぐったさに竦めた首を掠めて、耳元にキスをされた。

笙の反応を確かめるように肌の上を這ったキスが、顎《あご》のつけ根やその延長上にある耳朶《じだ》へと移っていく。優しい手に肩からコートを落とされ、衣服の上からそこかしこをそっと撫でられた。

少しでも拒否する素振りを見せたら、すぐにやめられてしまいそうだ。ぼうっとしたままそう考えて、自分のその思考に戸惑った。

「……本当にいいのか？　無理はしていない？」

慎重な声音で訊かれて、こちらの方が純真で真面目な人を騙《だま》して連れ込んだような気分になった。

「あの、立場は違いますけどおれもそれなりに慣れてますから、気を遣わなくても平気ですよ？」

平然と言ったはずの語尾が変に捩《ねじ》れた。守川の面差しは見慣れた鋭いものだったけれど、その中に初めて見る色が滲んでいる気がして、笙は目を凝《こ》らしてしまう。守川のジャケットの袖を握った自分の指がかすかに震えているのを、少し遅れて認識した。

「厭だったり、無理だと思った時は我慢せずにすぐ言ってくれるか？」

耳元で囁《ささや》く声の、静かなのにいつもとは色を違えた響きにぞくんと大きく背すじが揺れる。言葉の代わりに頷いて返すと、近い距離でこちらを見ていた守川の表情が移った。その変化に気を取られているうちに、長い指先に上唇を押さえるように触れられる。輪郭《りんかく》を辿るように撫でられ、顎《あご》を取られて固定された。近くに顔を寄せられて、筌は考える前に瞼《まぶた》を落としてしまう。

最初のキスは、いつもと同じだ。何度も角度を変えて唇をなぞり、筌の反応を見ながら少しずつ舌先で舐《な》めたり唇の合間をなぞったりする。けして深いものにはならないのに、いつの間にか意識が攫《さら》われてしまう――優しいばかりの、甘すぎるキス。

「ン、っ――」

予告するように歯列を舐めた体温が、先を促すように合間を探ってくる。応じて口を開くと、するりと入り込んできた体温に唇の奥をまさぐられた。様子を窺《うかが》うように舌先に触れられ、意思表示のつもりで自分から舌を差し出すとやんわりと搦《から》め捕《と》られる。

守川とは初めてでも、このくらいのキスなら数え切れないほどした。それなのにどうにも落ち着かないのは主導権を奪われているせいか、それとも状況が違いすぎるせいだろうか。

ひとしきり続いたキスの間に身体を反転させられ、向かい合う形で腰を抱かれる。耳元から顎のつけ根のあたりを優しいけれど執拗《しつよう》なキスにまさぐられて、うなじのあたりに鳥肌が立った。無意識に首を竦めたのを気づかれたのか、キスはすぐに耳から頬に移って、またしても呼吸を塞いでくる。

「ん、……ふ、ぅっ」

舌先に絡んできた体温が、柔らかく絡んだかと思えば急に強引になる。息苦しさに逃げた顎を引き戻されて、またしても深いキスに翻弄される。無意識に守川のジャケットを握り込んでいた。

遠くスプリングが軋む音がした。唇から離れていったキスに顎の裏側から喉のあたりを吸われて、背骨のあたりがぞくんとする。カットソーの上から腰や肩を撫でる手のひらの感触にすら目眩《めまい》を覚え、反射的にシーツに手をついて初めて、自分がベッドの上にいるのを知った。

身体の芯に、火が灯ったようだった。ただキスをされ、衣服の上から身体を撫でられているだけなのに、神経が浮いたように過敏になっている。これまで知らなかった感覚に、ひどく困惑した。

喉の尖りから下へと下がっていったキスが、カットソーのスタンドカラーを押し下げるようにして首のつけ根に落ちる。浅い呼吸を繰り返しながら守川の頭を見つめていると、そのキスは喉から顎へとさかのぼって再び笙の唇を塞いできた。

肌の内側に溜まった熱が、行き場を失ってさらに温度を上げていく。茹《ゆ》だったように思考がぼやけて、今にもその場で溶《と》け落《お》ちてしまいそうになった。

抱き合う腕から、それが伝わったのだろうか。次には笙は仰向けにベッドに転がされて、真下から守川を見上げる格好になっていた。

「――平気か。気持ち悪くはない？」

初めての感覚に身を硬くしたのが伝わったのか、守川が低く問う。笙は首を横に振った。

「だ、いじょうぶ……です。何か変な感じがするだけで」

「変な感じ、というのは？」

耳元で囁かれるだけで肌の表面をぞっとするような感覚が走って、一拍息を飲み込んだ。

「女の子……以外に見下ろされたのって、初めて、で」

「抵抗があるならやめようか？」

抑えた声と前後して上になっていた重みが動いたのを、手を伸ばして引き留めていた。

笙を見つめる守川の目の奥に衝動にかられた色が見えて、それが笙の背中を押した。高い位置にある首にしがみつくようにして、離れかけていた重みを上に引き戻す。そうするのが当たり前のように、守川の唇に唇を重ねた。触れた間を舌先でなぞり、歯列の奥にある男の舌先を探す。

しばらくされるままだった守川が、喉の奥で唸《うな》るような声を上げる。間遠にそれを聞いているといきなり顎を掴み直され、腰に回っていた腕に強く抱き竦められた。

今の今まで笙の好きにさせてくれていたはずの体温に攫うように舌先を搦め捕られ、舌のつけ根が痛むほど強く吸われる。唐突な変化に本能的に怯んだ手首を取られ、シーツに押しつけられた。

「ン、……っぅ、うン」

喉の奥で上げた声で我に返ったのか、激しかったキスが急に柔らかいものに変わる。舌を絡めて口の中を探る深さはそのままに、顎にあった指先にくすぐるように喉を撫でられた。耳元からこめかみのあたりを優しい手にそっと撫でられて、身体から力が抜けていく。

「……いきなり悪かった。大丈夫か？」

低く囁く声にくるまれるように優しく抱き込まれる。謝らなくていいのにと思って、笙は気づく。

この人はいつもそうだ。ただの飲み友達だった頃から告白されて以降も、変わることなく笙を丁重に扱ってくれる。自然すぎて気づかないくらいに、自分の欲求よりも笙の気持ちを優先している。

夕方に江藤との電話で話題になった前の彼女――カオリの顔が、ふと脳裏に浮かんできた。

気まぐれな子猫に似て、懐《なつ》いてきたかと思えば些細なことで拗ねて膨れっ面になる。その変化が可愛くて妹のように構っていたのに、恋人になったとたんにそれができなくなった。深い仲になる前に別れることになったけれど、それでよかったと今は思う。

江藤が言う通り、笙の悪い癖だ。今、守川が笙にしてくれている十分の一も、笙は優しくなかった。

元恋人の面影を思い出していると、突然鼻の頭を齧《かじ》られた。我に返ると、吐息が触れる距離にいた守川が、珍しく不快そうに表情を歪めている。

「今、誰のことを考えていた？」

「……前の彼女のことを、ちょっと」

言ったあとで、まずいと思った。女の子相手だったら間違いなく、拗ねるか怒るかして帰ってしまうところだ。

「マナー違反だな。ペナルティものだ」

「えーと……ペナルティっていうのは、具体的にどういう？」

おそるおそる見上げてみると、守川は軽く眉を上げた。先ほど齧った笙の鼻の頭を啄んで言う。

「それはこれから考えよう。ひとまず、他のことは考えられないようにしよう」

意味深な言葉に無言で首を竦めたら、再び寄ってきた唇にまたしても深いキスをされた。

「あ、――ん、……っ」

唇から顎に落ちたキスが、喉を伝って耳元に届く。狙ったように耳朶をなぶられて、そのたび上がる色のついた声が自分のものだということに混乱した。知らない間に落ちていた指で皺《しわ》の寄ったシーツを握りしめて、笙はこれまで知っていたのとは違う、肌の底がざわめくような悦楽に戸惑っている。

衣類越しに肩や背中を撫でていた手のひらが動く。カットソーの裾から入ってきた手のひらに脇から胸元を撫でられる感触に、肩口が跳ねるように揺れた。

喉を舐《ねぶ》ったキスが鎖骨に落ちて、さらに下へと移っていく。思いのほか器用に動く指に胸元の一点を繰り返しまさぐられて、そのたびその箇所にじわりとする何かが浮かび始める。

「――、っ、待っ……」

考える前に、守川の手を掴んでいた。言葉が続かずただ見上げた笙に、守川が言う。

「何が気になる？」

どう言えばいいのか思いつかなかった。ぐるぐる回る思考を途中で放棄して笙はどうにか口を開く。

「女の子じゃないですから、そんなところ……っ」

近くで見下ろしていた守川が笑った。

「知らないのか？　人の身体の中で過敏な場所は、案外男女差が少ないものなんだ」

「そ、……っ」

笙が反論するよりも、守川が動く方が早かった。笙の両手首を掴んでベッドに押しつけたかと思うと、今の今まで指で探っていた箇所にキスを落としてくる。

知らない間に小さく尖ったそこにキスが落とされるのを目にして、かあっと全身に火が灯った。指先で何度も探られたせいか小さく尖ったそこは感覚まで鋭くなっているようで、守川の唇や体温の動きを生々しく伝えてくる。逃げるに逃げられないうちに今度はやんわりと吸いつかれて、くすぐったさだけではない知らない感覚がじわじわと滲んでくる。

勝手が違いすぎて、どうすればいいのかわからないのだ。守川の言葉の正否がどうこうではなく、完全に主導権を奪われてしまっている。

胸元へのキスに気を取られている間に、腰骨に触れていた守川の手が動く。ジーンズの前を撫でられて腰が大きく跳ねた。そこが熱を帯びて形を作りかけていたのを知って、顔に血が上っていく。

「気持ち悪い？」

宥《なだ》めるような問いに、考える前に首を横に振った。

行為そのものには慣れているから平気だ。男同士なのだから事情もわかるはずで、だから気にするようなことじゃない。指先に触れたシーツを握りしめて何度も自分にそう言い聞かせながら、意識していること自体が慣れを忘れている証拠ということに気づけなかった。

もっとも、堪えられたのもしばらくの間だけだ。守川の指がジーンズの前を引いたとたんに、制止するように彼の手首を摑んでしまっていた。

「やはり抵抗がある？」

静かな問いに、肯定も否定もできなかった。筐にとってはっきりしているのは、今のこの状況に戸惑いはあるものの、嫌悪は欠片《かけら》も感じないということだけだ。

「わからないのか。少なくとも、厭ではない？」

どうにか頷いた。そうした自分に戸惑って、顔が熱くなるのがわかる。

「どっちかっていうと、すごい恥ずかしい……んですけど」

「だったら続けても？」

ストレートすぎる問いに返答に詰まって、笙は先ほどから気になっていたことを口にする。

「……でも、これじゃあ、おれだけ」

この時点でも、守川はシャツのボタンひとつ外していない。それが落ち着かなかった。

「あの、……守川さんも脱いでくれませんか」

必死で言った笙に語尾ごと齧るようにキスをして、守川は意味深に笑う。

「わからないかな。きみだけというわけじゃないんだが」

「は？　……っわ！」

掴まれた手首を、ずっと下の方に引かれる。寄せた眉根から眦《まなじり》に移ったキスが、今度はこめかみに落ちて耳朶を啄んだ。「こういう状態だから」と低く囁かれる。

数秒ぽかんと見返してから掴まれた手の方に目をやって、顔に火が点いたかと思った。笙のその手のひらは守川の下肢に押し当てられている上、その箇所は熱を帯びて形を変えていたのだ。

声にならない声とともに逃げるように手を引っ込めると、可笑《おか》しそうに守川が笑った。

「そこで笑いますか？　おれ、初めてなんですけど」

「慣れているんじゃなかったのか？」

「それは女の子限定でそもそも女の子にはそんなもんついてませんし」

まずいことを言ったかと思ったのに、守川は笑ったままだ。顔を寄せ、低い声で言う。

「さて、どうしようか。このあたりで終わっておこうか？」

「いや、それだと試しにならないし」

「無理する必要はないし、させる気もないよ」

「無理とか厭だったら、とっくに蹴飛ばして逃げてます。ただいつもと違うから、困ってるだけで」

ごく素直に訴えたのに、守川の反応は微妙だ。片腕で笙の腰こそ抱いているものの、もう一方の手は頬や髪を撫でるばかりだし、合間に落ちるキスも目元や頬ばかりで唇を避けている。先ほどからの行為の熱が燻《くすぶ》ったままの身には、この状況はかえってきつい。

どうしたものかと考えて、自分から守川の唇にキスをした。それでも動かないのを知って、よしとばかりに守川の下肢へと手を伸ばす。

近い距離で見ていた守川が、意外そうに目を見開く。先ほど触れさせられた場所を着衣越しに指先で探していくと、ほっとしたように表情を緩めて顔を寄せてきた。

「ン、……っ」

再開のキスが浅かったのは最初の二度ばかりで、すぐに舌先が絡むものに変わる。無意識に伸びた腕で守川の首にしがみつくと、ご褒美《ほうび》のように眦を舐められた。間を置かず再び呼吸を塞いだキスに唇の奥の形を確かめるように丹念にまさぐられて、息苦しさに頭がぼうっとしてくる。

キスを続けながら、下肢の間を撫でられる。ダイレクトに襲った波にびくりと固まった舌先を噛まれて、唇から食べられそうなほど激しいキスをされた。複数の刺激に動けずにいるうちに下着ごと脱がされてしまい、ジーンズは片足に引っかかっているだけだ。

いくら何でも手慣れすぎていないかと脳裏のすみを掠めた考えは、けれど直接そこを手のひらで覆われる感触に押し流される。嘘だろうと思う気持ちとやはりそうなるのかという納得もまた、少し冷たいその手のひらが動くと同時に溶けるように消えてしまう。怒濤《どとう》のように押し寄せてきた悦楽はよく知ったものに似ているのに、どこかが明らかに違っていた。

「……ぅ、ン……っふ」

耳の中でくぐもって響く声の、甘ったるい響きに無意識に眉を寄せる。これは誰の声なんだろうとぼんやり思ってから、自分の手が留守だと気がついた。すぐ傍にいるはずの守川の身体を探そうとしても、いつの間にか完全にのしかかられて身動きが取れなくなっている。

「ん、待っ……」

キスの間に口にしかけた言葉は、果たして音になっていただろうか。守川に触れていたはずの両手でそれぞれシーツを握りしめて、筌は断続的にやってくる波にただ溺れていた。


頬を撫でられる感触で、目が覚めた。

ぼうっとしたまま瞬《また》いて、筌は目の前にあったものに手を伸ばす。摑んだそれは弾力があって温かく、おまけにどう見ても人の腕で——。

「……え、っ!?」

跳ねるように飛び起きるなり、ベッドの枕元に腰を下ろしていた守川と視線がぶつかる。蕩《とろ》けるような甘い表情で見つめられて、顔が熱くなった。

とうに起き出していたらしく、守川はすっかり身支度をすませていた。ネクタイを締めて上着を羽織れば、すぐにでも出勤できそうだ。

「おはよう。よく眠っていたように見えたが、気分はどうかな」

「……お、はようございます。気分、は別にいつも通りっていうか……あの、おれ」

何がどうなったのだったかと混乱した記憶を手繰《たぐ》りかけた時、守川の手のひらがこめかみ近くの髪を梳《す》くように触れてきた。ベッドの上に座り込んだまま固まった笙の横顔を撫でるように、頬をくるんで止まる。そのまま近く顔を寄せてきたかと思うと、吐息のような声で言われた。

「キスさせてもらっても?」

「はあ……その……どうぞ」

ぽかんとしたままで言うと、守川は目元を和らげる。笙の頬に当てていた指で顎を掬って、呼吸を塞いできた。いつもなら唇の形をなぞったり合間を舌で撫でたりといった予告をしてからなのに、今日はいきなり深いキスを仕掛けてくる。

「……ん、……ふ、ぅ」

寝起きのせいか、守川のペースについていけない。息苦しさに守川のシャツの肩を摑んだら、お返しのように腰に回った腕に強く抱き寄せられた。

搦め捕られた舌先を強く吸われ、合間には甘噛みされて、息苦しさのせいだけでなく目の前が眩《くら》んでくる。背中や腰を撫でる手も優しくて、いつの間にか笙はその腕に身を預けてしまっていた。

「朝食は頼んでおくから、きみは先にシャワーを浴びておいで」

長かったキスの最後に、こめかみを啄まれる。肌に触れるほど近くで囁かれたその言葉の意味がすぐに理解できず、筀はぼうっと繰り返す。

「シャワー……？」

「今日は平日だよ。仕事が休みならのんびりしていって構わないんだが、そうじゃないだろう？」

「……あ」

夢うつつだった意識が、一気に覚醒する。ここは自宅ではなくホテルだ。いったん帰って着替えるつもりなら、急がなければ遅刻してしまう。

すぐさまベッドを下りようとしたのを止められて、肩にバスローブを着せかけられる。きょとんとしたあとで、自分が何も身につけていなかったのに気づいて赤面した。

駆け込んだバスルームはユニット式ではなく、浴槽も洗面所も広かった。一面鏡になった壁側の洗面台は広く、アメニティ類が揃った上に籐の丸椅子まで置かれていた。

バスローブを脱いで、熱めのシャワーを浴びた。濡れて額に張りつく前髪をかきあげていたはずが、いつの間にか指先は先ほど守川とキスしたばかりの唇に触れている。下唇を摘むようにしながら、あのキスが昨夜どこに落ちたかを――守川がどこにキスしていったかを、思い出した。

するとされるとは大違いで、慣れているはずの行為なのにまるで違っていた。最後の最後まで気遣ってもらったとは思うけれど、主導権を奪われてしまったせいか途中から混乱した。

拒否するどころか、ほぼされるがままだったはずだ。それなのに、守川は最後までしなかった。

「途中で気が変わった、とかかな」

ぽそりと落ちたつぶやきを自分の耳で聞きながら、ほっとするのと同じくらい物足りなく感じた。

シャワーを止めてバスタオルを使う時に、自分の服を持ってきていなかったのに気がついた。ひとまずバスローブを羽織って浴室を出ると、守川が備えつけの電話の受話器を置くところだった。筐を見るなり、眦を下げるようにして笑う。

「髪くらい乾かしておいで。そのままでは風邪をひく」

「平気です。どうせうちでもこんなだし、急がないと仕事に間に合わないし」

ここから自宅までどのくらいかかるかわからない以上、とっとと帰った方が無難だ。そう思いせかせかと言った筐に、守川は不思議そうにする。

「まだ七時前だぞ。いつものバーまでは電車で十分ほどの距離だ」

目顔で示されたベッドサイドテーブルのデジタル時計を見るなり、焦りとともに力が抜けた。

「……八時に出れば余裕だと思います。そうだ、おれの服ってどこに」

頷いてクローゼットに向かった守川が、ほどなく筐の衣類を手に戻ってくる。何でそんなところにと首を傾《かし》げていると、浴室へと促されて洗面台の前の籐椅子に座らされた。気がついた時にはドライヤーを手にした守川が真後ろにいて、髪を梳かれていた。

驚いたけれど、鏡越しに見える守川が妙に楽しそうなので抵抗は諦《あきら》めた。代わりに、シャワー中に見つけた疑問をストレートにぶつけてみる。

「昨夜のことですけど。どうして最後までしなかったんですか?」

言ってからもう少し言葉を選ぶべきだったかと思っても遅い。とはいえ曖昧にしておくつもりはな

かったので、笙は鏡の中でこちらを見た守川と目を合わせた。

意外な器用さでドライヤーを使いながら、守川は笙の髪を撫でている。

「したいのは山々だったが、まだ無理だな」

「……は？　それって」

笙の言葉尻を攫うように、インターホンの音がした。

開きっ放しのドアに目をやった守川が、洗面台にドライヤーを置くと、笙の髪をくしゃりと撫でた。

「あとは自分でできるね？　きちんと乾かしてから出ておいで」

鏡の中で、ドアが閉じられるのを見届けた。首を傾げながらドライヤーを使い、そこそこのところで片づけて私服に着替える。

衣類には見苦しいほどの皺はなく、このまま出勤しても問題なさそうだ。ハンガーにかけてクローゼットにしまったのは守川に違いなく、こちらが眠っている間にやってくれたのだろう。

見た目に似合わず世話焼きなんだなと思う一方で、それどころじゃないだろうと考え直す。仕事に間に合うように起こして風呂に行かせるまでは親切かもしれないが、とうに成人した男の髪にドライヤーまでかけてやるのは過保護だ。

よくわからない人だと思いながら浴室を出ると、いきなり見知らぬテーブルと椅子が出現していた。白いクロスの上に並んでいるのはクロワッサンやデニッシュ類が盛られた籠《かご》にサラダつきのベーコンエッグの皿とオレンジジュースにコーヒーカップで、いったい何が起きたのかと唖然とする。

「どうしたんですか、これ」

「ルームサービスだよ。さて、冷める前にいただこうか」

涼しい顔で言われて、シャワーの前に守川から「朝食を頼んでおく」と聞いたのを思い出した。

「確か割高ですよね？」

「支払いなら私が持つ。きみは気にしなくていい」

「それはナシです。前に決めたじゃないですか。基本は割り勘でって」

「合意なしに私が頼んだんだ。今回は例外でいいだろう」

渋い顔をしていると、軽く笑った守川に肩を押されて座らされてしまった。

気になって食事中に何度か水を向けたものの、支払いの件は見事に受け流された。これ以上は無駄だと察して、笙は平らげた皿を目の前に「ご馳走さまです」と礼を言う。「どういたしまして」と返してきた男に甘い視線を向けられて、どうしてそんな顔をするのかと頭の中が混乱した。

「さっき無理って言ってたのは、要するにおれ相手だとその気になれなかったってことですよね？最後までしなかったのも、そういう意味でいいんですよね」

笙の物言いに眉を上げた守川は、最後まで聞き届けてから静かに口を開いた。

「質問に答える前に、訊いておきたい。きみの答えはどう出たんだ？」

「は……？」

何の答えだったかと眉根を寄せた笙をテーブル越しに見つめて、守川は言う。

「質問を変えよう。今の時点で私から恋人扱いされたとして、きみはそれを受け入れられるか？」

言われて思考に上ったのは、「そんなことを言われても困る」の一言だ。おまけに肝心の「答え」

も思い浮ばない。それが顔に出たらしく、守川は思案顔で笑う。

「その気になれなかった、というのは正しくないな。きみの答えが出ないうちに、最後までするつもりがなかっただけだ」

「でも」

「したい気持ちは山々だし、きみの申し出につけ込んだのも否定しない。だが、現時点での私ときみの間柄は、飲み友達を兼ねたお試しだ。それで最後までというのはどうかと思ってね」

「……誘ったのはおれの方ですよ。それに、厭だったわけでも無理に我慢してたわけでもないし」

言い返した筐を優しく見つめて、守川は笑う。

「知っているよ。だからすべて私の都合だ。きみの気持ちが固まるまでは、最後までするつもりはない。――ひとまず拒否反応がないのがわかったから、今回はそれで十分だ」

「今回は十分って……」

「次回がある、という意味だ。次はもっと強気で口説かせてもらうから、そのつもりでいてくれ」

思考回路が違うのは承知しているつもりだったが、これは予想していなかった。

絶句した筐の向かいで、守川が柔らかく笑う。落ち着かない気分で俯いていると、席を立った守川がテーブルを回り込んできた。長い腕で、背中から筐を抱き込んでくる。

「ちょっと……」

近すぎる気配に、全身がどきりとした。

長い指に、顎から頬を撫でられる。その感触だけで、肩から力が抜けてしまいそうになった。このままではまずい気がして距離を取ろうとすると、強い力で引き戻されてしまう。

「触られたくない？」

「そうじゃない、ですけど……っ」

語尾が半端に跳ねたのは、耳元にキスをされたせいだ。そっと押し当てるだけですぐに離れていった体温が、いつまでも肌の表面に残った。

「さっきも言ったように急ぐ必要はない。私はこれでも気が長いからね」

低く囁くような言葉の内容は、ある意味十分すぎるほど寛容だ。それなのに、心臓の奥から深く搦め捕られていくようだった。

7

「あ、本当に来た！　久しぶりー！」

待ち合わせ場所になる中央改札口を出るなりかかった声に、笙《しょう》はぎょっとした。離れた柱を背に満面の笑みで手を振る江藤《えとう》に気づいて、急いで傍に駆け寄る。

「おまえ、声でかすぎ！　周り中から見られてるだろーがっ」

それでなくとも、人が多い場所なのだ。すぐさま友人の腕をひっ摑み、泡を食って移動した。

「だって、ここんとこ誘っても断られてばっかりだし。三奈子《みなこ》にも会ってくれなかったし」

「だからそれは悪かった。けど、今日はちゃんと来るって言ったろ！」

ネオンが賑やかな駅裏の通りに出てから、笙は足を緩めた。ため息混じりに目をやると、おとなしくあとをついてきていた江藤は悪びれたふうもなく言う。

「聞いたけど、もしかして途中で気が変わるかもしれないじゃん。ていうか、セイってそろそろ夜遊び卒業する気なのかと思ってたけど？」

「何だそれ。勝手に決めるなよ」

「でも実際に全然遊ばなくなったろ？　例の飲み友達といる方が楽しいとかじゃないの？」

江藤の物言いが意味深に聞こえて、笙は返答に詰まる。早口で続けた。

「……そんなんじゃないって。カオリのこともあったし、何か敷居が高かっただけだ」

「じゃあ、今度からふつーに居酒屋とか行く？　オレんとこやセイん家《ち》でもいいしさ」

予想外の言葉に、笙は目を丸くした。

「それだとおれの都合ばっかりだろ。おまえ本人はどうしたいんだよ」

「オレはセイと遊べればどこでもいいし。そろそろ先のことも考えようと思ってたとこだしさ」

即答の真面目な響きにぴんときた。まじまじと友人を眺めて、笙は直球で訊く。

「もしかして結婚か？　三奈子ちゃんとそういう話になった？」

「それ以前。結婚準備の準備しようかなと。こないだプロポーズの予告したら泣かれちゃってさー」

江藤はしみじみと言うが、突っ込みどころ満載だ。

「本番じゃなく準備や予告って、それでどうやって泣かせたんだよ」

「結婚するにはまず金がいるじゃん。地道に準備中なんで、再来年くらいに式がやれたらいいなと思って、来年くらいにプロポーズするんで心の準備しといてくださいって予告してみたんだけど」

江藤の真面目そのものの顔つきに、つい苦笑がこぼれた。

「それ、マジもんのプロポーズとどう違うわけ。三奈子ちゃんの返事は？」

「超前向きに頑張ります、原則としてキャンセルと延期は受けつけませんってさ」

「よかったじゃん。んじゃ前祝いに今度三人で飲みに行くか。奢るからさ」

「んじゃ三奈子と話してみる。笙も結婚とか考える気になってきた？」

友人の朗報に気持ちが綻《ほころ》んだところで耳に痛いことを指摘されて、笙はわざと肩を竦《すく》める。

「ないな。自分が結婚とか想像もつかない」

「だったらそれ以前の話。笙はいつまで会社で猫被り続けるつもり？」

「やめてどうすんだよ。今さらそんな真似したらかえって居心地が悪くなるだろ」

「理由作ればいいじゃん。ちゃんとした彼女ができてその影響で変わりましたってことで、ちょっとずつ猫被り脱却。一挙両得だろ？」

名案とばかりに言った友人をちらりと眺めて、即座に却下してやった。

「案は悪くないが前提に問題あり。ちゃんとした彼女作んのって、おれにはハードル高すぎるだろ」

彼氏ならともかくと続きのように考えて、そんな自分におやと思った。脳裏に浮かんだのは、昨夜にも会ったばかりの守川《もりかわ》の顔だ。

（残念だな。しばらく寂しくなりそうだ）

飲んだあとの帰り道、人気《ひとけ》のない遊歩道の片隅で、背中から抱き込まれた。うまい返事を見つけられない笙に呆れも怒りもせず、別れ際までこちらを気遣ってくれた——。

「ハードルって何。そんなもん、笙が自分で高くしてんじゃん」

呆れ混じりの声に我に返ると、江藤が物言いたげな顔でじいっとこちらを見つめていた。思わず身構えると、不気味なにこやかさでぽんぽんと肩を叩かれる。

「笙さあ、実はこっそり恋人作ってるよね？　なあ、そろそろ紹介しろよー」

「作ってないっての。どこ見て恋人がいるって話になるんだ？」

「だって今、そういう顔したよ。甘くて照れくさそうで切なそうだった」

「わかったわかった、紹介するし写真も見せてやるよ。本当に彼女ができたらな」

真顔で断言してやったら、江藤は目を丸くしたあとで励ますように笙の肩を叩いてきた。

「ってことはまだ微妙なのかー。……んじゃオレ、気長に朗報待ってるからよろしく」

妙な誤解をされたのはわかったが、あえて訂正はしなかった。そのあとは、互いの近況を話しながら歩く。訊けば、江藤も三奈子と会って以降はクラブに顔を出していないのだそうだ。

「笙がいないとあんまり楽しくないんだよねー。だからいいやって思って」

「おれは引率の先生かよ。じゃなくておまえ、行きたくないなら無理につきあわなくていいんだぞ」

江藤に言いながら、笙の思考はまた守川のところに戻ってしまう。

（いきなり悪いね。実は、明日から急遽《きゅうきょ》二週間ほど出張に行くことになったんだ。できれば今夜会いたいんだが、きみの都合はどうだろう？）

昨夜守川から電話でそう言われた時、考える前に笙は「行きます」と答えていた。

——守川と初めてホテルに行ってから、もうじき二週間になる。

あれ以降、守川と会った時は別れ際だけでなく、それ以外でもキスすることが増えた。一昨日のように抱き寄せられる頻度も多くなってきたと思う。

けれど、それだけだ。もっと強気で口説くと言っていたくせに、守川は紳士的な態度を崩さないし、ホテルに誘う以前にそれらしいことを匂わせることもない。

そして、笙はそのことにほっとしていた。

守川のことは好きだけれど、それが恋愛感情かどうかはよくわからないのだ。考えてみても答えが出ず、ずっと保留のままになっている。なので、彼と笙の関係は未《いま》だに飲み友達のままだ。

久しぶりに訪れたクラブは、そのせいか妙に居心地が悪かった。通りに面したネオン瞬く看板や店内に響き渡る大音量の音楽や独特の照明を、懐《なつ》かしいというより毒々しく感じてしまう。

「あ、セイだ」

フロアに足を踏み入れるなり、遊び仲間が声をかけてきた。やや長めの髪を見事な金髪に染めた彼は笙と同世代で、つきあいは年単位になるが互いに知っているのは呼び名だけだ。

「よ。久しぶり」

「うん。ずいぶん顔見ないから何かあったのかと思ったよ」

そう言って笑った彼に返事をする前に、今度は別の方角から声がかかった。

「セイじゃん！　やっと来たのかよ。もしかして、カイからカオリちゃんのこと聞いた？」

「おれよりずっといい男を捕まえたって話なら聞いた。ちょっと落ち込んでるから慰めてくれよな」

遊び仲間たちに言い返しながら、カウンターで酒を買って定位置になる奥のソファに向かった。

腰を下ろしたスプリングのへたり具合や、遊び仲間と固まっての馬鹿話が妙に懐かしかった。途中で電話が入ったのを理由に江藤が抜けていったけれど、皆の近況を聞きながら久しぶりの雰囲気を満喫する。その最中に、遊び仲間のひとりが興味津々に声をかけてきた。

「なあ、最近趣味が変わったって聞いたけど、ホント？」

「……は？」

唐突な言葉にすぐに反応できず眉を寄せた笙に、今度は別の仲間が賛同するように言ってきた。

「女の子に告白されたの袖にして全然遊びに来なくなったと思ったら、夜な夜な年上の男とデートしてたんだって？　見たって奴複数いるよ。すごいいい雰囲気だったたってさ」

「えー、それってマジだったのかよ。もしかして女に懲りて男に走ったとか？」

揶揄《やゆ》に近い言葉にむっとした笙に気づいたのかどうか、別の仲間が取ってつけたように言う。

「マジか？　セイはホモになったのか。だったら下手に近寄るとこっちのテイソーが危機にっ」

「きゃーやめて襲われるー」

「けどオレ、セイだったらその気になるかも。お試しってあり？　今晩オレとどう？」

隣にいた遊び仲間が、最後の問いに重ねてわざとらしくしなだれかかってくる。あり得ないほど近く顔を寄せられて、ぞわりと鳥肌が立った。考える前に、笙はその顔を邪険に押しのける。

「気色悪いからよせっての。何が悲しくてわざわざ野郎なんかとくっつかなきゃならないんだよ」

自分でも、心底厭そうな声だと思った。直後、周囲からうわっとばかりに声が溢れてくる。

「じゃあやっぱセイと男前がいい雰囲気でっていうの、デマ？」

「デマじゃないだろー、オレも見たけど雰囲気かなり怪しかったぞ？」

「でもセイ、女の子大好きじゃん。だったら年上で金持ってそうな男前っていうのがポイント？」

「財布代わりにちょうどいいってヤツか。セイってつくづく罪つくりだよなあ」

「……あのさあ」

うんざりした笙が口を開くなりぴたりと黙った周囲が、興味津々といった顔つきでこちらの言葉を待っている。それを厭というほど感じながら、笙は胸の中にわだかまる不快感を押し出すように言う。

「怪しいも何も、男同士でそれはないだろ。万一あったって長続きするわけないし、すぐ飽きて終わるんじゃねえの？　それまで適当に遊んでりゃいいってことで」

会話を切り上げるつもりで言ったのに、ソファの向かいにいた遊び仲間がからかうように言う。

「要は適当に遊んでやってるわけだ。やっぱ、性悪だなあ。女の子の次は年上の男誑《たぶら》かすかよ」

何でそうなる、と思った時にはもう周囲から笑い声が起こっていた。妙な方向に話が向かったことに気づいた時は遅く、話は変に転がりだす。

「まあなあ。女の子なんかよりどりみどりなのに、セイがわざわざ男に走る理由はないよな」

「残念。セイがそっちに走ったらエミちゃんも諦《あきら》めるかもって期待したのにー」

不快すぎて、反論する気が失せた。無言のまま話の行方を追っていると、最後に個人名を出した台詞《せりふ》に複数から突っ込みが入る。

「お。おまえエミちゃん狙いかよ。セイとまともに張り合う気か？」

「そんでセイはどうすんの。エミちゃんと年上の男、どっちを取るわけ」

こうなると否定しても無駄だ。適当に話を終わらせるつもりで、笙はへらっと笑ってみせる。

「そんなもん、エミちゃん一択に決まってんじゃん」

「うわ、言ったあ。相手の男前、気の毒かも。誰かエミちゃん呼んでー」

ふざけ半分の会話は流れるのも早く、外していた江藤が戻る頃には話題は別のものに変わっていた。そのくせわざわざエミちゃんを呼んでくるあたり、ノリだけはいいと感心する。甘えた笑顔でくっついてくるエミちゃんを適当にいなして、笙は途中で席を立った。

「……何やってんだか」

狭いレストルームの洗面台で鏡に映った自分は、陰鬱《いんうつ》そうないかにも冴えない顔をしていた。

楽しかったはずの遊び仲間との時間が、今は少しも楽しくなかった。女の子の腕や肩の柔らかさや香水の匂いに至っては、ひたすら鬱陶《うっとう》しいばかりだ。

「どういうんだよ。おかしくないか？」

長いつきあいだからこそ知っている。遊び仲間たちがああも露骨にからかうのは、あれを根も葉もない無責任な噂だと思っているからだ。だからこそ悪意なく酒の肴《さかな》にし、笑い飛ばしてしまおうとする。そうしたお喋《しゃべ》りも含めて、これまでの笙は気晴らしとして楽しんでいた。

去年に他の女の子と別れた時は、一週間と経たないうちにもっと執拗に絡まれた。それに応じて、笙は自虐ネタを連発して笑い飛ばしたはずだ。

それが、どうして今回はこんなに不快なのか。

「セイ、気分悪い？」

ドアが開く音と同時に聞こえた声にぎくりとした直後、それが江藤だと知ってほっとした。

「いや、大丈夫。ごめんな、久しぶりなんでちょっと疲れたかも」

「んじゃ場所変えようよ。みんなにはそう言ってきたから」

すらすらと言う江藤を、ぽかんと見返していた。その腕をいきなり摑んだかと思うと、江藤は呆然とする笙をクラブから連れ出してしまう。遊び仲間たちはまだいつものソファにいて、出口に向かう笙たちに笑顔で手を振ってきた。

久しぶりだからオールでつきあえと、仲間の複数からしつこく誘われていたはずだ。それを、いったいつの間に丸め込んだのか。狐に摘まれた気分でネオンサインも賑やかな繁華街を突っ切って、最寄り駅に近い二十四時間営業のコーヒーショップに連れ込まれてしまった。

「おい、おまえどういう――」

買った飲み物を手に窓際の席に腰を下ろした笙が口にすると、真向かいでアイスコーヒーのグラスにストローを差し込んでいた友人がにっこり笑う。その笑顔にぞっとした。

「前から聞こうと思ってたけど、決定打だったからね。この際はっきりさせとこうと思って」

「決定打って何だよ」

「単刀直入に。さっき話してた男前って誰？」

いきなり切り込まれて、咄嗟《とっさ》に返事をし損ねた。

江藤相手では、思い切り失態だ。内心で頭を抱えながら、笙はそれでも笑顔を浮かべる。

「ただの知り合いっていうか、前に話したろ。新しい飲み友達だよ」

「このところ、セイがしょっちゅう会ってる人だよね。ナオヒサと一緒に行ったバーのトイレで笙を助けてくれたカウンターの人ってことでＯＫ？」

「……………」

立て続けに言われて絶句した。そんな笙の目の前で身を乗り出すようにテーブルで腕を組むと、江藤は人懐こく笑う。

「笙、嘘つく時に鼻の右側を掻く癖あるよね。あと、すんごい後悔しながら喋ったり人の話聞いてると、笑いが口元だけになるんだよね。たぶん自覚ないだろうけど」

「……気のせいだろ」

「いや確定。二十ウン年のつきあいで積み上げたデータを基にしてるんで間違いなし。でさ、その男前の話してる間じゅう両方の癖が出まくってたの、わかってないよね？」

「癖が出まくってたって、おまえあの時傍にいなかったろ！」

「はずれー。電話終わって戻ったらその話してたんで、こっそり黙って聞いてた」

江藤は意味ありげに笑う。

「ってことで、笙ってあのカウンター席の男前とつきあってるんだよね？」


スイッチが入ってしまうとやばい人種、というのが世の中にはいる。

ふだんは人畜無害そのものなのに、何かのきっかけで豹変《ひょうへん》するのだ。ふだんとはまったく違う顔で、まずやらないはずのことを嬉々《きき》としてやってのける。

笙の知る限り、江藤はその筆頭だ。実際、過去に何度か現場に遭遇した。にもかかわらず周期が数年に一度と長いせいもあって、喉元過ぎれば熱さ忘れるという諺《ことわざ》を毎度のように噛みしめている。

穏和でぼんやりして見えるくせに、意外なほどよく見ているのだ。そしてスイッチが入ったとたんに、ふだんはあえて言わないことを有無を言わせず追及してくる。詮索《せんさく》というより尋問に近い問いを計算づくで口にする時の笑顔はかなりの迫力で、逆らってはまずいと本能的に痛感させられる。

「ふーん。そうなんだ。で、笙はその男前と恋人づきあいを始めちゃったと」

「……飲み友達だってさっきから言ってんだろ」

「キスすんのが日常で？　いっぺんとはいえホテルにまで行っといて飲み友達？　それも男同士でって、あり得ない話だと思うけど。実際好きだって、今筌本人が言ったしさ」

頬杖をついた江藤に呆れ果てたと言わんばかりの目で見られて、筌はむっつりと言い返す。

「好きったって恋愛感情とは限らないだろ。キスにしろホテルに行くにしろ、セフレとだってやるだろうがっ」

ものの二十分で守川と飲み友達になった経緯から告白されたあとも会っていたこと、一度とはいえホテルに行ったことまで白状させられた。正直、コレが某製薬会社の研究員をやっているのは間違いだと思う。同じ研究員でも、もっとそれらしい機関にいるべきだ。

「恋愛感情とは限らない、ねえ。……ああそっか、筌だもんね。恋愛音痴っていうか恋愛否定っていうか、自分を蚊帳《かや》の外に置いてりゃ気づかないよな」

「……何だそれ」

「復習と再検証しよっか。告白されて断ったけど試しでつきあおうって言われて飲み友達してたんだよね。その間もキスしてて、筌から誘っていっぺんだけホテルに行って、男前の意向で最後までしなかったけど、まだ会っててふつーにキスしてるんだよね。それで間違いない？」

友人の口から出る言葉に悶《もだ》えそうないたたまれなさを感じながら、筌はそれでも一応頷いて返す。

「さっきクラブでどうせ飽きるとか続かないとか言ってたのは、筌の側の事情だよね？　今の話だと、男前は気長に待つって言ってくれたんだもんね」

「……当たり前だろ。向こうはちゃんと恋愛する人なんだよ。おれとは人種が違う」

「その状況で手を出さずに気長に待つって言い切れるあたりが、マゾ並みの忍耐力だよなあ。オレには絶対、無理。性別云々じゃなくて、笙みたいに面倒なのは友達でいいや」

「おまえな……」

面と向かってそこまで言うかと眉根を寄せた笙に、江藤はほのぼのとした笑みを返してきた。

「ところで笙、ナオヒサとバーに行った時のこと覚えてる？　あとでナオヒサからメールがきたろ」

「そういやきたな。おまえも返事したんだろ？」

「した。……で、笙は何がわからないわけ」

呆れたように言われた意味が読みとれず、笙はきょとんとする。

「笙さ、バーのあの時もナオヒサからメールがきた時も男相手は絶対無理だって言ってたよね？」

「……言ったな」

「ところでその男前だけど、何か義理があってつきあってる？　初回にバーで助けてもらったのを引き合いにされてるとか、実は仕事関係の知り合いで無下にはできないとかさ」

「……仕事関係の知り合いっていうか、実はおれの職場の中間管理職……」

「まさかの社内恋愛っ⁉」

いきなり声を上げられて、笙は手を振って説明する。

「いや、部署が違うし、向こうはおれの存在そのものを知らないから！　社内ですれ違っても素通りされてるし！　気づかれてたらとっくに疎遠になってるに決まってるっ」

「ってことは仕事上のしがらみはなしで、連絡先交換して飲み屋で会ってるだけ？　だったら簡単じゃん。向こうのナンバーとアドレス拒否して会わなきゃそれで困ることもなくなるだろ」

「そこまでする理由がないだろ。飲み友達だし一緒にいると楽しいし、返事も急かされてないし」

「ふーん。んじゃ、笙。オレとキスしてみる？」

人懐こい笑顔で言われて、反射的に椅子ごと後じさっていた。椅子の脚が立てる耳障《みみざわ》りな音に、まばらだった客の視線が集まるのがわかる。それに構わず、笙は突き当たった壁に背凭《せもた》れからはみだした背中で張りついてしまう。

「冗談。何でおまえとキスしなきゃならないんだよ、気色悪い」

「笙、それひどい。そういや、さっきはケイタにも似たようなこと言ってたよね？」

「当たり前だ。何が悲しくて野郎なんかとキスしなきゃならないんだよ」

「とか言いながら、男前さんとはホテルに行ったあともキスしてるのは誰だっけ？」

妙なアクセントをつけて問われて、本気で返事に詰まった。

「……っ、いつものことだろ。つきあいたいかそうじゃないか、わからない時は寝てみろっていう」

「はい、却下。その理屈は女の子相手ならアリでも男相手では通じませんねえ」

「通じませんって」

「だってそうだろ。聞いた限り、その状況できっちり最後まで致してない方がおかしいんだよ。だいたい、笙が自分から誘ったんだろ？」

声を失った笙に、畳みかけるように言った。

「オレ相手ならキスくらい平気だよね? つきあい長いし友達だし、当然三奈子には秘密にするしさ」

「いや無理だから! 頼むから勘弁しろって!」

じりと近寄ってくる笑顔から距離を取ろうと、筀は背凭れに密着する。

江藤のことは確かに好きだ。幼馴染《おさなな じ》みで筀の現状を誰よりよく知っていて、何かと気にかけてくれている。おそらく、今の筀にとって無条件に信頼できる唯一の相手でもある。

けれど、それはあくまで友人としてだ。キスするなど論外だし、その先は考えたくもない。

そもそも江藤への気持ちと守川への感情はまったくの別物なのだ。その証拠に江藤が三奈子といてもお似合いとしか思わないし、筀以外の友人と親しくしていてもまったく気にならない。いつか村瀬《むらせ》に対して抱いたような苛立ちなど、覚えたことは過去に一度もない——。

そこまで考えて、いきなり気がついた。クラブで遊び仲間に迫られて気色悪いと思ったのは、男同士だからではなく相手が守川ではなかったからだ。守川以外は真っ平だと思い、守川との関係を無遠慮に話の肴にされるのがどうしようもなく不快で仕方がなかった。

辿りついた結論に困惑する筀を面白そうに眺めて、江藤は言う。

「クラブでその人の話をしてた時、物言いがいつもと違ってたのは自覚ある? いつもならどっちでもいいとかどうでもいいなのに、あの時だけは続かないとかすぐ飽きるだったんだよね」

「……だから何だよ。ただの言い方だろ」

「そこに本音が出るのが人なんじゃゃん。筀のアレ、保険っていうか予防線だよね。続けたいし終わってほしくないって気持ちの裏返し」

滔々《とうとう》と続ける様子を声もなく見返していると、江藤は続ける。

「ちなみにその男前さんと筌って、一緒にいて確かにいい雰囲気だよね。お似合いっていうかさ」

「——見てきたようによく言うよな」

「ようにじゃなくて見てきたんだよ。筌が例のバーに出入りしてるらしいって、ナオヒサから連絡貰《もら》ってさ。変につきあい悪くなったし挙動不審だったんで」

「……はあ!?　挙動不審って」

それこそ思いも寄らないことを言われて、頭の中が真っ白になった。

「別にいいじゃん。お互いが好きなんだったら、好きでもない女の子とつきあうより健全だよ」

いったん言葉を切って、江藤はにっこりと笑う。

「少なくともこれまでの筌のつきあい方と比べたら、その方がいいとオレは思うよ?」


地下鉄駅前で別れた江藤が階段を下りていくのを見送って、筌は小さくため息をついた。

江藤の自宅と筌の住まいは、そこそこ近いものの最寄り駅沿線がまったく別だ。夜遊びのあとは帰宅距離を考えてそれぞれの路線に乗るため、駅で別れるのが恒例になっている。

タイミングよく、筌が降りたホームにはすでに電車がいた。乗り込んですぐに動きだした車内は半分が空席になっていて、気がついたらいつの間にかスーツ姿を目で追いかけてしまっている。

守川がいるはずがないと、よくわかっているのに。

（これまでの笙のつきあい方と比べたら、その方がいいとオレは思うよ？）

数十分前の、江藤の言葉を思い出す。

守川に会いたいと思う理由は何なのか。そもそも男同士の関係など無理だと言い張っていたはずの自分が、同性の守川に告白されても会い続けてきたのはなぜなのか。

自分の気持ちがわからないと言いながらキスを拒むこともせず、守川と会うことをやめられなかったのか。江藤とのキスは想像だけで気色悪いと思うのに、守川とはそんなふうに感じなかった。

自分からホテルに誘ったあげく「どうして最後までしないのか」と問いただしたのか？

「答えとか一択じゃん。どこに迷う余地があるんだよ。要するにおれ、あの人のこと、す――」

言いかけた言葉を反射的に飲み込んで、頬が熱くなった。江藤との問答で形を作り始めていた気持ちが明瞭になるのはあっという間で、違和感なく胸の奥に溶けていく。

恋愛なんか一過性のブームみたいなもので、どうせすぐに終わってしまうのに。男同士の恋愛なんか想像もつかないあり得ないもので、自分には関係ないはずなのに。

それなのに、守川を思い出すだけで心臓の近くに温かいものが灯る。これまでつきあってきた女の子たちに対して抱いていたものとは違う、柔らかくて甘い、けれど胸底が焦《こ》げるような。

「いや、待てって……」

顔が、変なふうに火照っている。それが気恥ずかしくて、笙は無意識に足を速めた。

笙の住まいは、最寄り駅から徒歩十分の距離にある単身者用の１Ｋアパートの一階だ。就職後に入った寮では夜遊びが難しくあっという間にストレスを溜めたため、半年経たずに移り住んだ。以来、ずっとここで暮らしている。住人とは顔を合わせれば挨拶する程度で、特に親しい相手はいない。

「セイくん」

それだから、自宅の前で今しも鍵を開けようとした時にその声を聞いて飛び上がりそうになった。慌てて振り返って、今の今まで浮き立っていた気持ちが見る見る尖っていくのを自覚する。

「いきなりだとは思うが、話がある。時間を取ってくれないか」

「……おれのあとをつけてきたわけですか。どのあたりからです？」

「それも含めて説明する。そう長く時間を取らせるつもりはない。十五分もあれば十分だ」

数メートル離れた場所からじっと笙を見ている長身の男は、物腰も声音も冷静に見えるが、雰囲気が微妙にそれを裏切っている。

上から目線なのはきっと教師という仕事柄にしても、何かを含んだような視線はそれとは別だ。たぶん、笙だからそんな目で見ている。そう確信した。

「明日も仕事なんで、お断りします。そもそも迷惑です」

「セイくん」

「帰ってください。おれには、村瀬さんと話すようなことは何もありません」

言い捨てて部屋に入ろうとすると、先ほどよりも強い声がした。

「それなら、クラブで見聞きしたきみに関する話をすべて守川に伝える。それで構わないか？」

反射的に目を向けた笙を見据えたままで、村瀬は言う。

「仕事の関係で、俺もあのクラブにいたのでね。きみを見かけて、ここまで追ってきたんだ」

クラブのあとは、江藤とカフェで話し込んでいたはずだ。電車での移動時間も含めて、アパートまでは一時間以上かかっている。

それだけの間、声もかけずにつけてきたのか。江藤と話しているのも見ていたということか？

心底ぞっとして顔を歪めた笙を事務的に見返して、村瀬は言う。

「ひとまず場所を変えないか。ここでは近所迷惑になりかねない。きみとしても、あまり騒ぎは起こしたくないだろう？」


村瀬は部屋の中に上がろうとはしなかったし、笙も勧めなかった。

1Kアパートの玄関は狭く、人ひとり立つだけでいっぱいになる。それで笙が靴を脱いで上がり、村瀬は玄関ドアに背をつけるという格好で向かい合うことになった。

「先に訊きたいんですけど。高校教師がクラブで何の仕事です？　夜遊びの授業でもあるんですか」

「生徒指導の一環だ。あのクラブにはうちの生徒が年齢を偽って出入りしているという話がある」

「ああ、そうですか。で？　その大事な仕事を抜けて、おれをつけてきたわけですか」

我ながら、かなり嫌みな言い方だ。自覚はあったが取り繕うつもりはなく、笙はじろじろと村瀬を見上げる。笙の方が立ち位置が高いのに、そうしなければならないことが気に障った。

「抜けてはいない。俺の当番は終わってたんだ」

「黙ってあとをつけてきたことに代わりはないでしょう。けどおれ、クラブのあとは友達とカフェで喋ってたんですよ。その間も見てたとか言うんじゃないでしょうね？」

「窓際の席にいてくれて助かったよ。外からでもよく見えた」

村瀬の即答に、目の前の相手が得体の知れないものに見えてきた。

「……そんなこと、よく平気で言えますね。とてつもなく不愉快なんですけど」

「当然だな。それは謝ろう。申し訳なかった」

言って、村瀬はすぐに頭を下げた。上から目線な相手だとばかり思っていただけに驚いて、笙は少しだけ彼に対する認識を修正する。ここが会社の寮でなくて助かったと思った。

住まいは知られてしまったが、いざとなれば引っ越せばすむことだ。ごく自然にそう思って、自分のその思考回路に少々厭な気分になった。ため息をついて顔を上げると、先日と同じ検分するような目でこちらを見ている村瀬と目が合う。

そんなに気に入らない相手なら構わなければいいのにと思う。

「それで何の用ですか。おれ、明日は仕事なんで早く寝たいんです。話は手早く頼みます」

うんざりした気分を隠さず言うと、村瀬の目元が一気に険しくなった。

「……単刀直入に訊く。きみはいったいどういうつもりで守川と会っている？」

「は？」

目つきこそ険しいものの、村瀬の声も口調も抑制の利《き》いた静かなものだ。そのギャップが意外で、笙はつい眉根を寄せる。

「守川からきみを紹介された時はかなり驚いたし、嘘だろうとも思ったよ。——きみは俺を知らなかっただろうが、俺はきみを知っていた。何しろ、あのクラブできみはかなりの有名人だ」

「単に古株なだけですよ。あそこには、おれなんかよりよっぽど目立つのが山ほどいます」

「うちの女生徒複数がきみに熱を上げていた。もっとも、全員まるで相手にされなかったようだが」

皮肉とも安堵ともつかない調子で言われて、何とも言えない気分になった。

「当たり前でしょう。未成年なんか相手にしてどうするんですか」

「全員、それなりに化粧もして服装にも気をつけていたはずだ」

「だったら単純に好みじゃなかったんじゃないですか？　いずれにしても、ろくに相手にしてなかったなら咎《とが》められる筋合いはないと思いますけど」

辟易《へきえき》を隠さず先を促すと、村瀬は数秒置いて低い声で言う。

「きみは、女性と長続きしないので有名だそうだな。誰とでも簡単につきあう代わり、別れるのも早い。恋人の扱いはぞんざいで、捨てるのに近いやり方をする。それを知っていても、恋人になりたがる女性があとを絶たない。……そういうきみが、わざわざ守川と会っている理由は何なんだ？」

耳慣れた噂だが、村瀬にまで知られているとは思わなかった。どう答えたものか迷っていると、村瀬は平淡な声で続ける。

「噂には尾鰭《おひれ》がつきものだ。すべてが真実だとは限らない。守川の気持ちを知った上で会っているなら、きみにも考えがあるはずだ。そう思ったから、守川には何も話していない。だが、きみが守川を都合のいい相手として扱っていたというなら話は別だ」

「……別っていうのは？　どういう意味ですか」

「守川に、きみの噂をすべて話す。その上で、よく相手を見極めるよう忠告する」

「そうですか。好きにしたらいいんじゃないですか？」

即答した筌に、村瀬が眉を寄せる。それに対して、極力静かに言った。

「守川さんは知ってますよ。おれがこれまで女の子とつきあってたことも、ろくに長続きしなかったのも。あと、続かなかった原因がおれだっていうこともね。全部、こっちから話しましたから」

好きにしろ、という心境だった。自分の過去の行状が褒《ほ》められたものではないのは理解しているし、好きに言われるのもとうに割り切っている。

それに、今さら噂を知ったからと守川が態度を変えるとは思えない。

「話がそれで終わりなら、とっとと帰ってください。おれ、もう寝たいんで」

「まだだ。――だったら、今日のあれは本心ということか？　男同士は気色悪い、何が悲しくてわざわざ野郎なんかとつきあわなきゃならないのか、というのは？」

「……はあ？」

「年上で金を持っていそうだから、財布代わりに適当に遊んでやっている。長く続けるつもりはないし、すぐ飽きて終わりか。女の子の間の繋ぎ、ということか？」

先ほどのクラブでの話を聞かれていたのかと、今になってたじろいだ。

曲解だとか、発言の半分以上が筌以外のものだとか。反論はあったけれど、村瀬に言い訳をしたくない。ようやく気づいたばかりの大切な気持ちを、守川以外の誰かに言いたくもない。

尖った視線で村瀬を見据えて、筌は声を低くする。

「……何でおれが、村瀬さんにそんなこと言われなきゃならないんです？　おれと守川さんの間がどうだろうと、村瀬さんには関係ないでしょう」

冷えた気持ちで見上げた筌に、村瀬は渋面になった。

「関係ない？」

「そうです。いくら親しい友人でも余計なお世話だと思いますけど」

苛立ちをぶつけるように睨《にら》み据《す》えた筌を、村瀬はしばらく無言で見返していた。

「――……真剣になっている相手で遊ぶのが楽しいか？」

優しい響きのその声にぞわりと背すじが冷えた。怯《ひる》んだ筌に、村瀬は静かに言う。

「守川が誰とどういうつきあいをしようがあいつの自由であって、俺が口を挟むことじゃない。――だが、守川は俺の大事な友人だ。その友人が、本気で好きになった相手に実は遊びで都合よく扱われているのを知った以上、黙って見ているつもりはない」

「遊びって、それは」

「クラブできみがそう言ったんだろう。それに、きみは未だに守川に本名も職場も住まいも教えてないらしいな。要するに、最初から守川をまともに相手にする気はなかったわけだ」

「……何でそうなるんですか。あれはもののはずみっていうか、話の流れでたまたま」

「もののはずみや話の流れなら、何を言ってもいいとでも？」

筌の反駁《はんばく》を遮った声は、怖いほど鋭い。返答に詰まった筌に、彼は言う。

「百歩譲って、話のはずみだったとしよう。それなら、守川に素性を教えない理由は何なんだ?」

「それは、こっちにも事情があって」

「どういう事情があれば、四か月もの間飲み友達としてつきあってきた相手に本名も教えられないのかを聞きたいな。仕事先や住まいを雑談ですら出さない理由も、だ」

突きつけられた言葉は事実に違いなく、筐は息を飲む。どうにか声を絞って言った。

「そんなの、いつ教えようがおれの勝手でしょう。村瀬さんには関係ない——」

「その通り、俺には関係ない。同じように俺があいつに何を言おうがきみには関係ないし、きみが気にすることでもない。きみの理屈では、それで正しいわけだ」

「おれと守川さんの話でしょう! 何であんたがそこまで……っ」

「あいにくだが、きみを信頼する要因がこちらにはまったくないのでね。——さっきも言っただろう。あいつは真剣なんだ。本気で、きみのことを想っている」

「そのくらい、おれだって」

よくわかっている——そう言いかけて、筐は返答を失った。

その守川のことを、自分はあのクラブで何と言ったのか。その場を収めることばかり考えて、結果的には守川を肴にしてしまったのではなかったか?

「わかっていると言いたいなら、もう二度とあいつに近づかないでもらいたい。飲み友達としてのつきあいもなしだ。……遊び相手に事欠かないきみが、守川にこだわる理由はないはずだ」

のろのろと顔を上げた筐を見据えたまま、村瀬は抑揚の失せた声で続ける。

「期限を切らせてもらう。あいつが出張から戻って一週間以内に、二度と会わないと直接伝えてくれ。一週間経ってもきみが動かないようなら、今日聞いたこととときみの噂をすべてあいつに話す」

「——……」

「きみとは正式につきあっているわけじゃなし、離れたいとはっきり意思表示すれば受け入れるはずだ。——きみの素性をいっさい知らされていない時点で、ある程度の予想はしているだろうしな」

予想外のことを言われて、はじかれたように顔を上げていた。

「予想してるって、どういう意味ですか」

「本名すら教えないのは、本気でつきあう気がないからだろう。承知の上で待っているんだろうが、いいように利用されたもんだ」

「……利用なんかしてない。それに、守川さんとはしょっちゅう会ってて」

「本気で片思いしている相手を誘うのは当たり前だ。電話番号とメールアドレスしか知らなければ、一方的に切られたらそこで終わりだからな。要するに、きみは守川に対して状況次第でいつでも切るというスタンスを示しているわけだ」

告げられた内容はもっともなことばかりなのだと、言われて初めて気がついた。

「無駄かもしれないが、頼んでおく。少しでも守川への好意を寄せるのなら、ほかに恋人ができたことにして別れてやってくれ。俺は、できればあいつにあんなことは言いたくない」

「……っ、だから、そんなことあんたに決められる筋合いは」

辛うじて口にした筺を見下ろして、村瀬は頬を歪めた。

「自分が何を言ったのか、もう一度よく考えろ。都合のいい財布を手放すのは惜しいと言われても、こっちにはただの迷惑だ。きみは、きみと価値観が似た誰かを探せばいい」

言い捨てたかと思うと、村瀬はさっさと玄関から出ていった。

玄関先に立ち尽くしたまま、どのくらい経っただろうか。鳴り響いた電子音で我に返って、笙はジーンズの尻ポケットを探る。スマートフォンのメール画面を開いて、ぴたりと手が止まった。

差出人は守川だった。「夜分にすまない」というタイトルで、声が聞きたかったが仕事のあとの接待でこんな時間になったこと、明日には電話するということが端的に記されている。

何の変哲もない活字の向こうに、昨夜の別れ際の守川が見えた気がして、目が離せなくなった。

深夜でも平気で連絡してくる知人がいるため寝る前にスマートフォンの音を消していると、以前守川に話したことがある。それを覚えていたから、この時刻でもメールを送ってきたのだろう。

笙のことを、気にかけて。……会いたいと、思ってくれて。

「別れたら……メールも、なくなるんだよな」

ぽつんと落ちたその言葉を聞いて、怖いような喪失感に襲われた。

(俺は、できればあいつにあんなことは言いたくない)

――あれを聞かされた時、守川はどう感じるだろうか。

考えた、そのとたんに玄関ドアから飛び出していた。敷地内の門に出て、深夜の通りを見渡す。

とうに日付も変わった真夜中の道は、白々とした街灯の明かりでぼんやり照らされている。目につく範囲には人影も車もなく、それでも手がかりを求めて右左と見回した。

電車に乗るなら、右だ。この時刻では、タクシーを捕まえるのも難しいから、最寄り駅だろう。そう考えた時にはもう、夜道を駆けだしていた。

……素足のまま走っていたことに笙が気づいたのは、いつもの最寄り駅の構内からホームまでを何度も確かめ、落胆して駅前に出たあとだった。

結局、村瀬に追いつけなかった。その事実が胸に重かった。

8

名前と職業がわかっていても、所在を突き止めるのはそう簡単とは言えない。

――ということを、笙《しょう》は思い知った。

村瀬《むらせ》のフルネームは初対面の時に聞いたはずだが、下の名前は覚えていない。高校教師で、あのビストロの近くに職場があるということは知っているものの、学校名までは聞かされていない。

近隣の高校に片っ端から問い合わせたとしても、学校とは無関係な上に村瀬のフルネームすら言えない自分がうまく取り次いでもらえるとは限らない。あるいは取り次いでもらえたとしても、私的な電話を職場にかけることで村瀬の心証を悪くしたのでは意味がない。フルネームも住所もわからないでは電話帳はあてにならないし、番号案内に問い合わせても無駄だ。

結局のところ、居場所を突き止めて待ち伏せるしかないのだ。それなのに、どうにも手がかりが足りない。それを思うと、あの夜に村瀬に追いつけなかった自分を罵倒したくなった。

守川《もりかわ》に、村瀬の連絡先を訊ねることも考えた。けれど、初対面の状況を思い返せば不審に思われるのは必至だ。何より、事前に村瀬本人から許可を取るはずと思えば切り出すのは躊躇《ためら》われた。

守川は、出張先からもたびたび電話をくれた。仕事の上に接待もあるようで頻度は二日に一度ほどだったけれど、彼は毎回のように笙を気遣っては早く会いたいと言ってくれた。

こちらも会いたいと言いたかったけれど、状況を思うと言えなかった。その前に村瀬を捕まえて、あれが本音ではなかったことを説明し、誤解を解くべきだと思った。

学校関係でも守川経由でも無理だと見切って三日後に、村瀬が生徒指導の一環でクラブを見に行くと言っていたのを思い出した。あそこまで噂を聞き及んでいるならそれなりの頻度で訪れているはずだ。笙は仕事終わりに遊び場に出かけ、顔見知りを捕まえては見回りの教師はいるかと訊いて回った。

結果ははかばかしくなかった。というより、最初の段階で笙は失態を思い知った。

せめて顔写真だけでも用意しておくべきだったのだ。三十代の男の補導員などいくらもいる上、村瀬がわざわざ名乗るはずがない。「出入りしている三十代男の教師」として話を聞くと該当者はいくらでもいて、おまけに笙の側にもそれが村瀬かどうか確かめる手段がない。それで、補導員が出入りしているかどうかを確かめるという漠然としたことしかできずにいる。

それだけに、守川が戻るまであと三日という時に顔見知りから「それなら」と言われた時の期待感は並々ならないものがあった。

「ちょっと前に補導員っぽい人と話し込んでた子がいたよ。親しそうな感じだったし、その子に訊いてみればわかるかも」

「その子の名前とかわかる？」

「いや、そこまでは。でも今、カウンターのとこに固まってる女の子たちに訊けばわかるんじゃないかな。何だったら仲介しようか？」

礼を言い、親切な申し出を断った。カウンター前に集まる華やかな色彩を見るなり、気が滅入ってくる。

これまで当たった顔見知りの女の子の多くが、見事なまでに非協力的だったのだ。すれ違うだけで顔を顰《しか》められ、無視された。

もっともそれは自業自得で、彼女らの多くは笙がかつてつきあって別れた子かその友達だ。好意的な反応は期待していなかったものの、立て続けに嫌悪をぶつけられるのはきつい。

重い気分でカウンターに近づいた笙だったが、幸いにもその中に遊び友達の女の子がいた。声をかける前に「セイくんだあ、久しぶり」と笑顔を見せてくれたのが、心底ありがたかった。

「ああ、うん。それだったらわかる、けど」

先ほど聞いた話を繰り返した笙にそう答えて、彼女は奇妙に言い淀む。躊躇いがちに言った。

「あのね。それって、カオリなの」

「……カオリ？」

「そう。高校での恩師だって言ってた。あの、あたしからカオリに詳しく訊いてみようか？」

窺《うかが》うように言うのは、笙とカオリが別れて以降まったくの没交渉だと知っているからだろう。気遣いに、笙は苦笑して礼を言った。

「気持ちは嬉しいけど、自分で訊くよ。たぶん、隠してもすぐバレるしさ」

「そっか」と頷いた彼女は、最近カオリが出入りしているバーの場所を教えてくれた。

件《くだん》のバーは歩いて数分のビルの地階にあった。階段を下りた先の店内は間接照明の柔らかい光で満ちていて、ほどよい音量のジャズが流れている。カウンターで飲み物を買って歩いた店内にはそこかしこでグループができていて、思った以上に客数が多かった。

カオリは恋人らしい男と寄り添って壁際のソファにいた。可愛らしい笑顔で話し込んでいる。

少し離れた位置で足を止め、どうやって声をかけようかと思案する。その時、ひょいと顔を上げたカオリが大きく目を瞠《みは》った。近づく笙を不機嫌そうに眺めて、ぶっきらぼうに「何か用？」と言う。

手短に事情を説明しながら、彼女の恋人からの訝《いぶか》しげな視線を痛いほど意識した。

「確かに知ってる先生だけど、ムラセって名前じゃないわよ。他の先生は知らないし」

「その先生に、村瀬って人を知ってるか訊いてもらえないかな。できれば伝言を頼みたいんだ」

恋人の肩に凭《もた》れたまま笙を見据えて、カオリはきれいに描かれた眉を上げる。

「何で、あたしがセイくんのためにそんなことしなきゃならないの？　セイくんはあたしの言うこと、聞いてもくれなかったくせに」

尖《とが》った顔も声も別れた時のままで、笙はそっと息を吐く。結局、こうなるわけだ。口こそ利いてくれるものの、笙ときちんと話すつもりがない。そして、笙はそれを責められない。

「それもそうだよな。ごめん、勝手なこと言った」

彼女の恋人に目顔で断って踵《きびす》を返した時、いきなり背中に何かが当たった。見れば、つい今までカオリの膝にあったはずのチェリーピンクのバッグが足元に落ちている。

「あたし、セイくんのそういうところ、だいっきらい」

押し殺したような声で言って、カオリは身を乗り出すように笙を睨《にら》みつけた。

「いっつもそう。あたしが何言っても聞いてないし、ちゃんと話そうともしない。はいはいそうでした自分が悪うございましたって謝って片づけたら、それでおしまいだもんねっ」

別れた時にも突きつけられたはずの言葉が、当時よりもずっと重かった。それが、他の女の子たちの気持ちを集約しているように思えたのだ。

恋愛なんかただの錯覚で、一過性の風邪と同じだ。どうせ続かないし、すぐ飽きるに決まっている。笙はそう思うのは自由でも、彼女たちをそう扱っていいはずはない。

何度も交わした、守川とのキスを思い出す。一度だけ一緒にホテルに行った時、ほんの少し手に力が入っただけで、すぐに気づいて謝ってくれた。

……守川に比べたら、笙はとんでもなく身勝手だった。本気になれないという言葉を免罪符に、彼女たちを蔑《ないがし》ろにしてばかりいた。だからこそカオリは今、こんなにも腹を立てている。

「あんなになるんだったら、恋人になんかならずにトモダチのままでいたらよかった。本気じゃないのに簡単につきあったりするから誰とも続かないんだよっ」

「その通りだと、おれも思う。……今さらだけど、あの時はごめん。全面的におれが悪かった」

床から拾ったバッグの埃《ほこり》をそっと払って、カオリの前のテーブルに置く。胡乱《うろん》そうなカオリの目を見返しながら、早く気づけなかった自分の馬鹿さ加減に呆れた。

「カオリのことは好きだったつもりだけど、おれの都合でどっか逃げてた。厭《いや》な思いをさせて、本当にごめんな。言いたいことがあれば何でも聞くし、殴りたいなら殴ってもいいから、その気になったら連絡して。もちろん、彼氏も立ち会いで」

まん丸な目で見上げてくるカオリを、本当に子猫みたいだと思った。

最後にもう一度謝って、笙は店を出る。見上げた空は群青色で、その中天に繊月《せんづき》が浮かんでいた。

ネオンサインで消されているのか、星はほとんど見えない。

歩きだすなり鳴った電子音は、江藤《えとう》からの通話着信だ。出てみると、呆れ声で言われる。

『人探ししてるって聞いたけど、何でオレに言わないわけ。笙よりオレの方が人脈広いよ？』

「自業自得だからな。そこで圭介《けいすけ》に甘えるのは間違ってると思ってさ」

『どういうこと、それ』

「言った通り。自分で掘った墓穴だからどうにか自分で埋めようと思っただけ」

江藤には内密にと、当初から周囲に頼んでいたのだ。今初めて連絡がきたことを思えば、十分効果があったと言えるだろう。

『笙って時々馬鹿だよね。そこは手伝ってくださいお願いします、って言えばいいのにさ』

「馬鹿だからこういう状況になってんだろ。お願いしますとは言えないって」

苦く笑って言った時、ふっと何かが腑《ふ》に落ちた。そのタイミングで、江藤は言う。

『んで、ひとりで何とかなる？　オレが手伝えることはない？』

「うん。今、どうすればいいか見えた。さすが圭介、サンキューな」

『何の礼だよ。オレ、電話しただけじゃん。とにかく、何かあったら連絡しろよ？』

もう一度礼を言い、通話が切れたスマートフォンを上着のポケットに押し込んだ。そのまま、笙は最寄り駅に向かって歩きだす。

ホームに並んだ列の中ほどにいる時、今度はメールの着信音が鳴った。

守川からの、定期便メールだった。端的で短いけれど優しい文面を何度か読み返してから、笙はやってきた電車に乗り込む。扉に寄りかかり、ボタンを操作して返信文を打ち込んでいった。


三日後の午後、筌は仕事中の社内で守川を見かけた。見慣れたスーツにネクタイ、それに眉間《みけん》の皺《しわ》の定番の姿で廊下を歩いていた彼は、どうやら一緒にいた部下に指示か指導をしているようだった。

駆け寄ってしまいたくなったのを、辛うじて自制した。

昼休みに社員食堂で漏れ聞いた話では、守川は今朝始業よりかなり早く出勤し、留守中に溜まったメールや書類を整理していたらしい。けれど、昨夜の日付が変わる頃に届いたメールではまだ移動中だった。つまり、昨夜はろくに休めていないはずだ。

大丈夫だろうかと気になって目を離せずにいたら、視線に気づいたように守川がこちらを見た。やばいと思って、なのに自分からは視線を逸らせなかった。先に動いたのは部下に呼ばれた守川で、連れだって廊下の先へと歩いていく。

今の筌は守川にとってその他大勢で、だから目に留まる理由がない。筌自身が望んだことなのに、その事実にひどく落胆した。

その後は守川を見かけることもなく、定時三十分過ぎに仕事を終えた。急いで帰っていく先輩後輩を見送ってから、筌は守川宛に明日か明後日に会えないかというメールを送る。

最寄り駅に向かう途中で、守川から返信が届いた。今夜会えないだろうか、という誘いだった。

はっとするほど嬉しかったのに、すぐには指が動かなかった。短い文章を読み返している間に通話着信が入って、画面に守川の名前が表示される。それを見て、慌てて通話をオンにした。

『きみの都合が悪いのでなければ今日会いたいんだが、どうかな』

疲れてるんじゃないかと心を配ったはずなのに、口から出た言葉は了承だった。

急いでアパートに戻り、身支度をして駅にとんぼ返りをする。待ち合わせた駅の改札口に着いた時には約束の時刻を二分ほど過ぎていて、笙は焦って周囲を見回す。ほどなく柱の傍に見つけたトレードマークの眉間に皺を寄せた顔に手招かれた。

顔を見るなり、胸の奥で何かが爆発した。ぎくしゃくと傍に駆け寄って、なのに言葉が出てこない。守川も黙って見下ろすばかりだったから、傍目にはさぞかし妙な光景だったに違いない。

「——お疲れさまでした」

「うん。……ただいま」

守川がふわりと表情を和らげる。知っているはずのその変化が、鮮やかに印象に残った。

「えーと、おかえりなさい……？」

言い直した笙を見下ろして、守川が口の端で笑う。その表情や声に濃い疲れの色を感じた。

「今日はやめて、明日か明後日に仕切り直しませんか。早く帰って休まれた方がいいんじゃあ」

「厭だ」

拗《す》ねた口調で遮られて、笙は目を丸くした。そんな笙をじっと見下ろして、守川は早口に言う。

「やっと会えたのに、顔を見るなり帰れというのはひどいんじゃないか？」

「でも守川さん、昨夜遅かったんだし、無理しない方がいいです。おれとはいつでも会えるんだし」

「今日は二週間ぶりだろう。……とにかく行こうか。急がないと予約時間に遅れる」

尖った声とともに肘を摑まれた。大股に歩きだすのに引っ張られながら、人が違ったような行動に目を丸くする。人目以上に気になることもあって、交差点の信号前で摑まれていた肘を引いた。

「守川さん、もしかして熱ないですか？　手が熱い気がするんですけどっ」

いつもと違う言動と、肘から伝わってきた体温に、いつか飲んで潰れた時の守川を思い出したのだ。あの時も確か、言動がお子さまになっていたし体温も高かった。

果たして、守川は悪さが見つかった子どものような顔つきでぶっきらぼうに言う。

「一定条件が重なると体温が上がるだけだ。心配はいらない」

「心配しますって！　明日も明後日も仕事ですよね？　それだと身体が保《も》ちませんよ」

「きみは私を帰したいのか。一緒にはいたくない？」

真面目な顔でじっと見下ろされて、心臓が爆発するかと思った。周囲にあった人影が一斉に動きだすのを遠いことのように認識しながら、今が夜で信号の変わりめでよかったと心底思う。

「だったら折衷案でっ！　どっかで食料買って、守川さん家《ち》で夕飯にしましょう！　それなら守川さんもゆっくりできるし、おれは帰りはタクシー使えばいいですし」

口走ってから意味を悟って、何を言ったのかと顔に血が上った。見れば、眉根を寄せていたはずの守川が目を丸くして筐を見つめている。

「……やっぱりいきなりすぎですよね。だったら」

「いや。私はそれで構わないが」

「じゃあ移動しましょうっ、守川さんはここで予約した店にキャンセルの連絡入れてください、おれはそこの総菜屋で夕飯買ってきます、急いで戻りますんでここにいてくださいね」

守川の背を押して駅構内に引き返し、待合いのベンチに座らせる。やや遠目に見える総菜屋を指して宣言し、目を瞠ったままの守川がぎこちなく頷くのを確かめて、駆け足でその場を離れた。

火照った顔を隠すため俯《うつむ》いて総菜屋に入り、料理を器に取っていく。まだ激しい動悸《どうき》を宥《なだ》めながら会計をすませ、守川が待つベンチに引き返しかけて、はたと思う。さっきの交差点あたりから、笙は相当挙動不審だったはずだ。守川も気づいているはずで、なのにどの面下げて戻れというのか。

重い気分で、笙はやや遠目にベンチに座る守川に目を向ける。とたんにふわりと気持ちが浮き立って、自分が見つけた答えに確信を得た。

一挙手一投足が気になって、ただ見つめられただけで落ち着かない。顔を合わせられないと思いながら、一緒にいたい気持ちが捨てられない。

それは、過去に女の子たちとつきあっていた頃にはなかった感情だ。改めて、これまでの自分の恋愛の不毛さを痛いように思い知った。

電車でいいという守川に「夕飯が人で潰されるのは厭だ」と主張し、駅前からタクシーに乗る。目を丸くしていた守川はやはり疲れていたらしく、シートに凭《もた》れるなり深い息を吐いた。

「守川さん。気分悪いんだったら寄っかかってますか？　少しは楽だと思いますし」

物憂げに瞼《まぶた》を押し上げた守川に「いいのか？」と訊かれる。頷いて間を詰めると、守川の頭が笙の右肩に乗ってきた。その重みと、知っているはずの整髪料の匂いに胸が騒ぐ。

「……申し訳ない。面倒をかける」

「お互いさまですよ。気にしないでください」

「それを言えるほど、私はきみを助けていないが」

「助けてもらってますよ。どっちかっていうと、おれの借り分の方が多いんじゃないかな」

「……どこが?」

かすかに笑う声の響きも肩にかかる重みも心地よくて、その分だけ不安も大きかった。

出張から戻った守川と顔を合わせたら、その日のうちに何もかも打ち明けようと決めていた。守川にとっては不快なはずの内容や、それを聞いた村瀬に真相を問いただされたのを無下にしてしまったことも、……笙が実は守川と同じ会社の社員で、以前から守川を知っていたことも。

呆れられて愛想を尽かされる可能性もあるけれど、村瀬を通じて知られるよりは自分の口から話したい。それで駄目ならまだ、諦《あきら》めがつくかもしれない……。

肩にかかる気配を痛いように意識していると、眠っていたはずの守川が運転席へと乗り出し、支払いを始めた。タクシー代をと思った時には遅く、穏やかな声に降りるように促されてしまった。

「すみません、タクシー代……」

路肩に立って車が途切れるのを待ちながら切り出すと、守川は苦笑する。

「貰えないな。食事代もこちらに出させてもらいたいんだが」

「駄目ですよ。いきなり押し掛けるんだし、慰労も兼ねてこれはおれが出します」

そう言いながら、買い物はすべて守川に奪い取られてしまっているのだ。申し訳ないと思いながら、守川が表情だけでなく雰囲気も先ほどより楽そうに見えることに安堵した。

「さっきはありがとう。少し寝たせいだろうが、ずいぶん身体が軽くなった」

「いや、それお礼言われることじゃないですから。おれはただ、隣にいただけで」

首を横に振りながら、タクシーに乗る前のいつもと違う感じがなくなっているのに気づいた。今の守川は笙がよく知る人そのままで、それを何となく惜しいと思ってしまう。

道路を渡って、煌々《こうこう》と明かりが灯るエントランスへ向かう。先に立って両開きのガラスの格子戸を押し開けるなり、若い女性の姿が目に入った。住人の帰りを待っているのだろう、鍵を使うか暗証番号を打ち込まなければ開かない集合玄関から離れた壁際に寄りかかって天井を見上げている。

ついてきた足音が、唐突に止まる。振り返ると、守川が意外そうな顔で笙の後ろを見据えていた。

「いきなりすみません。お会いしたくて」

エントランスに響いた高めの声に目をやると、壁際にいたはずの女性がいつの間にかすぐ近くに来ていた。セミロングの髪で縁取られた顔は可愛いと言っていいもので、一心に守川を見つめている。

「……驚きました。何か、私に用でも?」

声とともに数歩前に出た守川が、笙を背中に隠すように立ち位置を変える。守川を見ていた女性が、今初めて気がついたという様子で笙に目を向けた。口紅を塗った唇から、震えるような声がこぼれる。

「お兄ちゃん……?」

彼女が誰なのか、その瞬間わかった。

「すまないが、きみはここにいてくれ。そう長くは待たせないから」

そう言った守川が笙をリビングに残し玄関先に戻ってから、数分が過ぎた。

湯沸かしのスイッチを入れてお茶の支度をし、買ってきた総菜をリビングのテーブルに並べ終えて手持ち無沙汰になった笙は、それからはずっと廊下に続くリビングのドアを眺めている。

あの向こうの玄関先で、守川は訪ねてきた女性と話をしているはずだ。当初は近くの喫茶店へという流れだったのが、守川が笙に鍵を渡し自宅で待っているよう告げたとたんに話が変わった。

彼女が、守川の自宅で話したいと譲らなくなったのだ。エントランスでの言い合いの末、守川が折れて、玄関先で話すならと条件をつけて三人でエレベーターに乗った。

笙が蚊帳の外なのは当たり前だ。わかっていても気になって、そろりとリビングのドアを開ける。廊下の途中までは玄関が見えない間取りを幸いに、音を立てないようするりと廊下に出た。

「……して、来てくださらなかったんですか？　これまでは毎年、来てくださってましたよね」

「長めの出張中だったんです。命日にも仕事だったので……花は手配したんですが」

五年、命日、お兄ちゃん、毎年来ていた。キーワードを並べて確信した。彼女は五年前に亡くなった守川のかつての恋人の妹だ。なるほどと納得しかけて、笙は引っかかりを覚える。

命日に墓前参りしなかったのを咎《とが》めに、遺族が自宅を訪ねる。それは、故人の友人に対する態度としてどこか違わないいか。守川と彼の仲が公認なら、むろん話は別かもしれないけれども。

「お花は届きました。お仕事なら仕方ないですけど、日を改めていらしてくださるんですよね？」

「……行きません。来年以降もお伺いすることはないと思います。花は送らせていただきますが」

守川の声の、もう決めてしまった響きに驚いた。ほぼ同時に、女性が上げた声が耳に届く。

「それ、どういうことですか？　だって、お兄ちゃんは」

「私が墓前に参ることを、ご両親もアユミさんも望んでおられなかったはずです」

守川の声の響きの底に痛いような色が見えて、笙は無意識に息を殺す。

張りつめたような沈黙を破ったのは、かすかに震える高い声だった。

「それって、代わりの人が見つかったからですか。代理がいるからお兄ちゃんのことはどうでもよくなったってことですか？」

「彼は和泉《いずみ》とは違います。似ても似つかないものを、代理にできるはずがない」

守川の声のトーンが、先ほどまでとは明らかに違って聞こえた。そろりともう一歩進んで、笙はL字に折れた廊下の先に長身の肩の一部を認める。

「似てないって、どこが？　そっくりだったじゃないですか。顔も、声も！　あの人、何も知らないんでしょ？　理由も言わず身代わりにするなんて、あの人に対して失礼だわ」

「顔の造作と声には似ている部分がありますが、考え方や表情や動作はまったく違います。彼といて、和泉を思い出すことなどあり得ない」

守川の声が鋭さを増していく。それでも言葉遣いや声の抑揚で自制しているのが伝わってきた。

「彼とはアユミさんが考えているような関係はありません。正直に言いますが、私の片思いです」

「……片思いって、あなたはお兄ちゃんのことが好きなんじゃないの？」

もっとも、それは相手に伝わらないようだ。高めの声は鮮やかに感情の色を露《あらわ》にしていく。

「お兄ちゃん、婚約してたんですよ。結婚式の日取りも会場も決まってて、なのにあなたが誑《たぶら》かして旅行になんか連れ出すから、事故に遭って亡くなったんじゃない！」

耳に入った言葉が、すぐには理解できなかった。

何を思っているのか、守川の声はない。目に入る長身の肩も、ぴくりともしないままだ。

「うちの両親だって婚約者の人だって、どれだけショックだったと思って……それでもあなたがずっとお兄ちゃんを好きでいるならって思ってたのに！　平気な顔して、片思いだなんて」

棘《とげ》だらけの言葉を聞いた時にはもう、足が動いて玄関先へと向かっていた。

「訂正、いいですか。おれの方が守川さんを誑かしたんですけど？」

唐突に割って入った声に驚いたのか、彼女が跳ねるように顔を上げる。歩み寄る筐を見る表情に、あからさまな敵意が上っていく。

遅れて振り返った守川が目顔で戻るよう伝えてくるのを知っていて、わざとふたりの間に立った。

「あなたのお兄さんの話なら聞いてます。顔と声以外は似てないっていうのは、おれとあなたのお兄さんの両方を知る第三者の意見でもあります。信じられないなら直接話を聞いてみますか？」

「あなた……」

「仮定として、守川さんがおれをあなたのお兄さんの代理にしていたとします。けど、その場合に守川さんに文句を言っていいのはおれであって、あなたに咎める権利はないんじゃないですか？」

平淡に言うと、彼女はぐっと言葉に詰まった。それへ、筐はつけつけと続ける。

「おれが守川さんの近くにいるのも今夜ここにいるのも、おれの我儘《わがまま》です。なので、筋違いに守川さんを責めるのはやめてくれませんか」

腕を押さえられて目を向けると、守川がかすかに首を横に振っていた。これまでと納得した笙が引き下がりかけた、そのタイミングでいきなり目の前の女性が爆発する。

「あなたが首を突っ込んでくることの方が筋違いじゃない！　うちの兄はこの人のせいで亡くなったのよ？　それがなければとっくに結婚して、今ごろは子どもだっていたはずなのに！　兄の婚約者はひどいショックを受けて、両親は彼女や彼女の家に申し訳が立たないってずっと苦しんでて」

狙いを定めたというふうに、彼女は泣きだしかけた顔をさらに歪める。

「だいたい男の人同士で恋愛だなんて、異常よ！　それでお兄ちゃんを死なせておいてのうのうと片思いだとか、もうお墓参りもしないとか、そんなのっ」

笙の腕を押さえた守川の手がかすかに揺れる。それを感じたらもう、黙っていられなかった。

「――客観的な意見を言わせてもらいますけど。さっきから言ってることがおかしいですよ？」

ぼろぼろと泣きだした彼女が嗚咽《おえつ》を堪《こら》えて何か言いかけるのを無視して、笙は続ける。

「守川さんと同級生なら、五年前は三十歳前後ですよね。その歳の恋愛なんか自己責任じゃないですか。第一、同い年の男同士で何をどう誑かすんです？」

「……っ、だから兄には婚約者がいて」

「婚約していながら元同級生の男性とつきあっていたのは、あなたのお兄さんであって守川さんじゃない。旅行にしたって無理に引きずっていかれたわけじゃないはずだし、万一騙《だま》し打《う》ちだったとしても自力で帰ればすむことだ。要はお兄さん自身の判断ですよね？　それのどこにどう守川さんの責任があるのか、納得できるように説明してもらえませんか」

畳みかけながら問いつめると、彼女はぐっと返答に詰まった。

「そんなの、この人が脅《おど》すか何かして、無理に……」

「……百歩譲って、守川さんがお兄さんを誑かして旅行に連れ出した結果、事故に遭ったとします。それでお兄さんの婚約者やあなたのご両親はとても苦しい思いをされた。――それで？」

言葉を切った笙を意味がわからないという顔で見上げてくる彼女に、すっぱりと問う。

「お兄さんを脅してそれだけのことをやった人に、墓参りを強要する理由は何です？　どっちかっていうと来てほしくないのが人情だと思いますけど？」

「――……」

彼女はさあっと表情を失った。

ぎりぎりまで追いつめたのを承知で、笙は意図的に柔らかい口調を作る。

「おれは部外者ですけど、守川さんの近くにいる人間として言います。何もかもを守川さんの責任にするのはやめてもらえませんか。そこまでしてこの人を追いつめて、それであなたの望みが叶うとでも思ってますか？」

9

玄関ドアが閉じるのを目にした瞬間に、どん底まで後悔した。

「……何やってんだ、おれ」

その場所に崩れるようにしゃがみ込みながら、半泣きになった女性の横顔を思い出す。

腹が立ったとはいえ、きつい物言いをした。謝るべきだと思ったのに、そうする前に彼女は守川《もりかわ》に送られて出ていってしまったのだ。

彼女の言うことは部外者から見ても理不尽すぎて、黙って聞いている守川を見ていられなかった。

そんなもの、ただの大義名分だ。単純に笙《しょう》は腹が立っていて、どうしようもなく不快だった。

おそらく、彼女は守川を好きなのだ。兄の命日は彼女にとって守川との接点であり、彼が兄に囚われ続けることを、きっと毎年確かめては安心していた。

それを察してしまったら、もう我慢できなかった。亡くなって五年経ってなお守川を悩ませる元恋人も、その兄を楯《たて》に守川を縛ろうとする妹も、排除してしまいたかった。

……守川はきっと、自分の意志でそれを受け入れていたに違いないのに。

膝に額を押しつけた格好で深く息を吐いた時、すぐ傍でドアが開く。逃げるには間に合わず、真っ正面から出迎えられる勇気もなくて、膝に埋《うず》めた顔を上げられなかった。

靴音に続いて、ドアが閉じる音がする。暗くなった玄関先で、上から声が落ちてきた。

「どうした。気分でも悪いのか？」

「……すみません。出しゃばりました……」

発した声は、おそらく守川には笙が思う以上にくぐもって聞こえているのだろう。

「迷惑かけて申し訳ないです。彼女の件で何かあったら、遠慮なくおれに苦情回してください」

「迷惑はないよ、苦情より、礼と詫《わ》びを言いたい心境だ」

「？」

「私を庇ってくれただろう？　それに——正直、私も同じようなことを考えたことがあるんだ。代わりに言わせてしまったようで、申し訳なかった」

思いがけない言葉にそろりと目を上げるなり、目の前にいた守川と視線がぶつかった。

「……さっきの、婚約者がどうとかっていうのは」

言いかけて、慌てて自分で自分の口を塞ぐ。その様子をじっと見ていた守川が苦笑した。

「見合い話が進んで、旅行の前に結納をすませていたらしい。搬送先の病院で、初めて知った」

「それって……」

あまりのことに言葉を失った笙にちらりと笑って、守川は腰を上げる。差し出された手を借りながら顔を顰《しか》めていると、リビングのソファへと促された。

「ひとまず食事にしようか。温めてくるから座っててくれ」

そう言った守川は、カウンター向こうのキッチンで総菜を温める傍《かたわ》らお茶を淹《い》れ、簡単な味噌汁まで作ってくれた。

「正直、人に聞かせるには楽しい話じゃないんだが」

食後のコーヒーを手に守川が語った内容は、ある意味では先ほど彼女が言った通りだ。——要するに、彼女の兄は亡くなる前の数か月間で守川に黙って見合いをし、結婚の準備を進めていたのだ。

旅行最終日に起きた事故は一時停止を無視した車が歩道に突っ込んできたというもので、元恋人を含めてふたりが亡くなり、数人が重軽傷を負う惨事だった。

辛うじて無傷だった守川は、彼の付き添いとして病院まで同行した。そうして、連絡を受けて現れた彼の婚約者に、手術室の前で「どうしてあなたがここにいるのか」と罵られた——。

「先方は、私のことを知っていたらしい。興信所を使って彼の素行を調べさせたと言っていた。そうこうしているうちに彼が亡くなって、それからは話が一直線だったな」

「一直線って、さっきのアレですか」

「彼には以前、女性の恋人がいたからな。私とのことは誑《たぶら》かされた上での気の迷いに決まっている、という話になった」

淡々と言う守川の様子に眉根を寄せて、筐は慎重に口を開く。

「搬送先の病院で初めて知ったって、さっき……」

「自分でも呆れるが、まったく気づかなかった。事故の直前に彼から別れようと告げられはしたが、理由を訊いても十分だからもういい、としか言われなかった。ひとりで帰ると言いだして、直後にあの事故だ」

「……それって、いくら何でも卑怯すぎませんか」

余計なことだと知っていて声が尖った。唸《うな》るように、笙は続ける。

「結局は自分のことばっかりじゃないですか。守川さんの気持ちとか都合とか、全然考えてない」

「本人も悩んでいたんだろう。親の会社を継ぐのが決定事項で、高校や大学への進学も本人の希望は叶わなかったと聞いている。婚約も会社の絡みで、断るわけにはいかない相手だったらしい」

「今時、そんな話ってあるんですか」

「あるところにはあるんだろう。アユミさんから聞いた話だが、先方の実家が経営する会社との業務提携が絡んでいたのに加えて、婚約者本人がかなり彼に執心だったとか」

そういえばと、笙はふいに気づく。守川の話からすると、婚約者は彼に同性の恋人の存在がいると知った上で結婚話を進めていたことになるのだ。

「学生の頃から彼は調整や宥《なだ》め役《やく》に回ることが多くて、まず周囲を優先する性分だったんだ。傍目には、彼が強引に引き回されていたとしか見えなかったんだろう。何しろ、私はこの面相だからね」

そう言う守川の表情は落ち着いていて、怒りや苛立ちはもちろん嫌悪やこだわりも感じ取れない。

「守川さん、さっきの彼女やその家族に本当のことを説明しなかったんですか。もしかして、五年前からずっと言われっ放しでいたんじゃ」

(代わりに言わせてしまったようで、申し訳なかった)

あの言葉はきっと、そういう意味だ。先ほど笙が言ったことなど守川には全部わかっていて、その上であえて何も言わなかった。

「理由、訊いていいですか？　その、無理に答えなくてもいいですけど」

思い切って訊いた笙を見ていた守川が、思いついたように手招きをする。意味がわからず首を傾《かし》げていると、彼は自分が腰を下ろした三人掛けソファの隣をぽんぽんと叩いた。

「こっちに来てくれないか？　少し話が遠い」

「……はい」

頷いて、笙はコーヒーカップを手にローテーブルの向こうに移動した。示された場所に座ってみると、背凭《せもた》れに身を預けた守川がやけに近い。タクシーに乗っていた時と変わらない距離なのに、危うく挙動不審になりかけた。急いでカップに口をつけていると、隣から静かな声がする。

「事故直後は自失していて、それどころじゃなくてね。そのあとは、そう思われても構わないと」

「構わないって」

「私との旅行中の事故だから、無関係とは言えない。それに、彼の家族や婚約者が二重のショックを受けていてね。彼が男とつきあっていたことが受け入れがたかったらしい。当然の反応だろう」

病院の霊安室で罵倒され、通夜や葬儀でも門前払いされた。墓前参りですら、代理人を通じて遠慮してほしいと申し入れがあった。

だから、守川は年に一度、命日当日を避けてその前後に密かに墓地を訪れた。そうして三年目に、墓所の入り口で彼の妹——今日やってきたあの女性と鉢合わせた。

「向こうが受け入れがたいと思っているものを説明したところで先方に苦痛なだけだ。肝心の彼が亡くなっているのにそこまでするのも無意味だし、何より彼はもう弁解できないからね」

「……でも」

「だからといって、何も感じなかったわけじゃない。きみが庇ってくれたのは本当に嬉しかったし、もう終わりにしていいと本当の意味で思えたんだ」

静かに言って、守川は手にしていたカップをローテーブルに戻す。

「もう二度と、彼の関係者と会うつもりもない。彼女にはそう話した」

気弱なわけではないし、曖昧《あいまい》に流されているわけでもない。亡くなった彼にとって不利なことをする気になれず、だからこそあえて沈黙を守った。

そうするまでに、守川は彼が好きだったのだろう。そう思うだけで、胸の奥が苦しくなった。

「……でもやっぱり卑怯だし、勝手な都合だと思います」

こぼれた言葉は、ただの嫉妬だ。亡くなった彼は、ずっと守川の中で大きな位置を占めていた。だからこそ、守川は「誰ともつきあう気はない」と言い続けた。

「ありがとう」と返ってきた声に目を向けると、いつの間にか守川はこちらに身体を向けていた。

「――少し、触れても構わないか？」

返事の代わりに浅く頷くと慎重に肩を抱かれ、近いほうの肩の上にすとんと重みが落ちた。間近で、申し訳なさそうな声がする。

「……こんな話を聞かせるつもりはなかったんだが。どうも、きみには格好がつかないところばかり見られてるようだな」

「守川さんは悪くないですよ。こっちこそ、急に話に割り込んだりしたので申し訳ないです」

「私は嬉しかったんだから、謝る必要はない。……どちらにしても、もう終わったことだ」

続く声の調子は変わらないのに、ふっと胸が痛くなった。考えるより先に指先が伸びて、笙は守川の短い髪を梳《す》くように触れている。二度三度とそうしているうちに、伸びてきた手にその指を取られた。あれ、と思った時には手首を引かれ、ひどく近くで守川と顔を合わせることになっている。

「……キスさせてもらっても？」

「どうぞ……」

もう何度となく繰り返した問答なのに、心臓が爆発しそうになる。

鋭いのに優しい目をまともに見ていられず俯きかけると、冷たい指に顎《あご》を取られる。瞼《まぶた》を閉じて間もなく唇を塞いだ体温にいつになく緊張しながら、思考は聞いたばかりの話に囚われていた。

前の恋人の身内が傷ついたことを憂慮するこの人は、けれど恋人を喪《うしな》うと同時に彼の裏切りを突きつけられた。彼が何を思ってそうしたのかも知れないまま、すべての責任を押しつけられた。

苦しくて、どうしようもなく傷ついたはずなのに、その全部をひとりで飲み込んでしまった。それができてしまうほど優しいのだと、思い知らされた——。

唇から離れていったキスが、こめかみを啄んで頭のてっぺんに落ちる。その気配を追いかけながら、笙は奥歯を食いしばる。

「……この話をしたのは、きみで二人目だ」

耳元で囁《ささや》く声に、先日笙を自宅まで追ってきた人物を連想した。

「一人目って、村瀬《むらせ》さんのことですよね……？」

「つきあいが長いせいか、あいつには隠しきれないようでね。何があったとしつこく問いつめられて、

しまいには洗いざらい喋《しゃべ》るまで呑まされた。揃って二日酔いで唸っている時に、そこまでしないと喋らない私が悪いと文句まで言われたよ」

だから、村瀬は黙っていられなかったのだ。笙の真意を確かめに来て、あれほどまでに腹を立てた。

「……村瀬さんとは、長いつきあいなんですか？」

「大学の時からだな。学部は違ったが、サークルが一緒だった」

それを聞いて、すとんと納得した。――守川の元恋人も確か、同じ大学だったはずなのだ。

（俺は、できればあいつにあんなことは言いたくない）

あの時の村瀬の言葉が、あの時以上の重みでのしかかる。今日には守川に伝えようと決めていたはずの言葉が喉の奥で凝《こご》って、別の台詞《せりふ》になった。

「……明日も仕事なので、おれはもう帰りますね。守川さんも、早く休んだ方がいいです」

唐突な言葉に、守川はそれなら送っていこうと言ってくれた。それも道理で、いつの間にか時刻は午後十時を回っている。

「駄目ですよ。それだとおれがここまで押し掛けた意味がないです」

「わかった。それならタクシーを呼ぼう」

一階エントランスまで送りに出てくれた守川との間でタクシー代を出す出さないの攻防が起きたものの、それは次回に笙が一杯奢ってもらう約束をしたことで片がついた。

走りだしたタクシーの後部座席で、笙は小さく息を吐く。

言えないのではなく、言うべきでない。そんな思いが、強く胸に落ちた。

口に出さない傷や思いを、おそらくたくさん抱えている人だ。そんな人にあんなことをぶちまけて、それでも好きだから許してくれるなどと、どの面下げて言えるのか。

おそらく守川はその場で許してくれるだろう。けれど、その裏でどんな思いをすることになるのか。笙がしようとしたことは、ただ自分が楽になりたいだけの身勝手な行為ではないか。

自分の都合だけで守川を傷つけた彼と、同じではないだろうか？

馴染《なじ》みの薄い路線駅で乗り換えを調べて切符を買うと、やってきた電車に乗る。週始めのこの時刻、車内はそこそこに込み合っていて、人いきれのせいか上着を羽織っていると少し暑く感じた。

扉の前に立ったまま、笙は夜の闇を映す窓ガラスに目を当てる。車内の明かりで鏡になったそこに映る冴えない顔をした自分に、問いかける。

そうまでして、自分が守川の傍にいていいのか。——いる必要が、あるのだろうか？

ぽつんと芽吹いた認識は、村瀬を捜して人に会うようになってから心の片隅にあったものだ。

……就職して間もない頃に、笙は江藤《えとう》から恋人とのつきあい方がおかしいと指摘された。

遊び用のスマートフォンと通り名を使っての夜遊びは、くさくさした気分を紛らわせるには最適だった。遊び仲間とのつきあいも表面を浅く掬《すく》っただけのもので、気に入ればつるんで遊んだし合わなければ距離を置く。都合のいいところをトッピングしたような手軽な関係が心地よくて、恋人になった女の子に対しても同じスタンスを崩さなかった。

必要以上にベタベタされるのも所有物扱いで振り回されるのも面倒で、だから意図的に恋人を特別扱いしなかった。気持ちや行動を縛られるのも詮索《せんさく》されるのも真っ平だった。

恋愛なんか、麻疹のようなものだ。長続きしないし、いつか飽きる。必死になるだけ無駄だし、まして将来を考えるなどナンセンスにもほどがあると、結婚など考えもしなかった。

——守川とは、あまりにも違いすぎる。

「おれと守川さんは人種が違うって言ったの、おれだっけ。我ながら、言い得て妙ってヤツか」

つぶやいた声が、三度ばかり乗り換えた電車のアナウンスに消される。自宅最寄り駅の名を聞き取ってホームに降り、改札口へと向かいながら考えを巡らせる。

守川に聞かせずにすむ手はひとつだけだ。筐が、自分で守川から離れればいい。

直接会ったらきっと守川に気取《けど》られる。電話で声を聞いたら、間違いなく気持ちがくじけてしまう。

……できれば一緒にいたいと、筐が思っているからだ。何も言わなくていいから、今まで通りの飲み友達で構わないからと心の底から願っている。

傍にいたところで、耐えられるはずがないのに。

「ああ、そっか。別れるしかないってことは、会えないんだっけ」

一歩一歩進むことだけを考えて、筐は数メートル先で街灯に照らされた自宅アパートへと足を運ぶ。帰りついたドアの前で鍵がいると気がついて、どうにか引っ張り出した。

玄関ドアを閉じるなりかくんと膝が折れて、筐はずるずると靴脱ぎに座り込む。

「そっか……別れるんだ」

ぽつんともう一度つぶやくと、急に笑えてきた。

いずれにしても、釣り合わないのだ。別れた恋人に悉《ことごと》く嫌われるような奴と、亡くなった恋人を何年も大事に思い続けるような人では、あまりにも違いすぎる。恋人未満として親しくしている人を罵倒するような人間が、あの優しい人に見合うはずがない……。

「人のことは言えない、よな」

守川の元恋人を身勝手だと思ったけれど、筌自身も十分自分勝手だ。自分のことばかりで、守川の気持ちも都合も少しも考えていなかった。

呆然と座り込んでいると、耳慣れたメロディが鳴り始めた。ひとしきり続いたそれがふっと途切れたあとで、筌はのろのろとスマートフォンを引っ張り出す。

守川からのメールだ。端的な文章で、筌が無事に帰ったかどうかを気にかけている。

食い入るように眺めているうちに、再び守川からメールが届いた。言い忘れていたとの前置きで、都合がつけばクリスマスを一緒に過ごさないかという誘いだった。

そういえば今は十二月だ。今日歩いた駅も町中も、赤と緑の色彩が溢れていた。

痛いような気持ちで無事帰宅したことと今日の礼、そしてクリスマスは考えてみると返信する。間を置かず返ってきたメールの内容は、筌への労《いたわ》りと返事を待っているというものだ。

きつく奥歯を噛みしめてスマートフォンの電源を落とすと、筌は薄暗い天井をただ見上げた。

10

近寄るなと、吐き捨てられた言葉が痛かった。

最低、最悪、信じられない。突きつけられた単語はどれも濃縮した毒を含んでいて、けれど最初はそんな言葉をぶつけられる理由がわからなかった。

呆然とするだけの笙《しょう》を睨《にら》むように見据えたのは、高校に入ってできた気のいい友人だ。母親同士が先に父母会で親しくなって、その縁で互いの顔と名前を認識した。運動部でもないのに坊主刈りにしていたので理由を訊いたら、髪質が硬すぎて伸ばすとタワシになるんだと笑った。

——うちの親、離婚の話し合いしてるとこだから。

初めて見た暗い目つきの彼からそう告げられたのは、高校二年に上がって間もない春だった。

自分の両親がいわゆる恋多き人だということは、早くからうすうす察していた。

似た者同士で夫婦になったのは、笙の両親にとっては幸いだった。どちらも結婚と恋愛は別という信念を持って互いが外に恋人を作るのを黙認し、生き生きと毎日を送っていた。

衣食住の面倒はきちんと見てもらったし、家族旅行もたびたびした。参観日や体育祭などの学校行事にも欠かさず参加してくれたから、周囲には家族仲がいいと思われていた。半面、家の中ではそれぞれがおおっぴらに恋人と連絡を取り合い、笙の前でも隠すことなく予定のすり合わせをしてのけた。中学に入る頃には両親がふつうじゃないことに気づいたけれど、うちはこうなのだと言われると何も言い返せなかった。両親の恋人と直接会うことはなかったから、実感が薄かったのもある。

現実を突きつけられたのは、高校二年の春だ。笙の母親の新しい恋人が、坊主頭の友達の父親だということが露見した。最終的に笙の母親は友達の母親に慰謝料を支払い、友達の両親は離婚した。友達とその母親は町を出ていき、残された父親も間もなく引っ越していった。

その後すぐに、母親は新しい恋人を作ったのだ。そして、父親はそれを咎《とが》めもしなかった。実の両親に対して、寒気がするような違和感を覚えた。だからこそ、実家から遠く離れた大学を選んで進学したのだ。

物理的に距離を置くことでそれなりに落ち着いた生活を送るようになって、大学一年の秋に初めての恋人ができた。同じ大学の一学年先輩で、笑うとえくぼができる可愛い女性だった。

初恋のようなものだったから、手を繋ぐことすら最初は大きなハードルだった。一緒に遊びに出かけて食事をして、小さな喧嘩《けんか》を繰り返して季節を過ごした。ままごとのようにぎこちない恋だったけれど、あの頃の笙は彼女に夢中だった。

——なのに、壊れるのは呆気ないほど簡単だった。

笙が通う大学近くの支社に、父親が期間限定で出張してきたのがきっかけだった。不意打ちで訪ねてきた時に笙の部屋には彼女がいて、夕飯を作ってくれていた。笙がバイトを終えて帰宅すると、父親と彼女が夕飯の支度をすませたテーブルを挟んで楽しそうに話し込んでいた。

半月後、久しぶりの休日に彼女をデートに誘ったら、当日になって急にキャンセルされた。仕方なくひとりで映画を観に行った町中で、彼女と父親が腕を組んで歩いているのを見た。気づかれないように追いかけていった終点はいわゆるラブホテルで、その時に笙はああそうなのかと思ったのだ。

翌日、父親を呼び出して問いただしたら、困った顔で「彼女から誘ってきたんだよ」と言われた。彼女からは「笙の父親が好きだから別れてほしい」と泣きながら謝られた。

以来、どんな女の子から告白されても何も感じなくなった。誘いに応じることがあっても気持ちは常に冷めていて、この女はいつ他の男を作るんだろうとすら考えた。

つきあう相手が半年以下のサイクルで変わるのが当たり前になった頃、バイト先に別れた彼女が押し掛けて騒ぎを起こし、笙の面子《メンツ》を潰した。それを境に、笙は個人用と遊び用で携帯電話を分けて持つことにした。

専用ナンバーとアドレスだけ教えておけば、最悪でも解約すれば全部終わりだ。遊び仲間でいる時は気の合う相手でも、恋人になったとたん厄介になる子は多かったから、それでいい思っていた。

……自分がやっていることが、あれほど厭《いと》うていた両親と似たり寄ったりだと気がついたのはいつ頃だっただろうか。

そんな自分を疎《うと》んじながら、蛙の子は蛙かと自嘲した。だったらそれでいいと、別に困りはしないと、そんなふうに決め込んでいた。

職場とプライベートで、意図的に見た目を変える。好都合だからと始めたその習慣は「本当はそうじゃない」という自分自身への無意識の抵抗だ。自分でそれと気づいた時にはもう、引き返す気力を失っていた……。

いつの間にか、寝入っていたらしい。

目が覚めるなり目に入った明るい木目の天井は、よく知る自宅アパートのものだ。就職後いったん入った寮を一年で出て借りた、狭いけれど自分だけの城。

「……夢かよ。今ごろ」

長く思い出すこともなかった昔の記憶だ。それが周囲に漂っている気がして、笙は軽く首を振る。

観ていたはずのレンタルDVDは終わったらしく、目の前のテレビ画面が青一色に塗り潰されている。傍に転がっていたパッケージのタイトルを眺めても、内容はまるで思い出せなかった。

近くでメールの着信音が鳴った。それを聞いて、目覚める前にも着信音を聞いたのを思い出す。

傍にあった黒のスマートフォンに、着信表示はない。ぼうっと周囲を見回して、チェストの上で充電器に刺さったままの遊び用の青いスマートフォンが小さく光っているのに気づいた。

伸ばした手で青いボディを取り上げながら、胡乱《うろん》に思った。

――こちらのスマートフォンは一週間前、守川《もりかわ》からのおやすみメールを受け取ったきり電源を落としたはずだ。そのまま充電器に押し込んで一度も触っていない。木曜日には江藤《えとう》から、黒いスマートフォンに「遊びに使ってる方、繋がらないけどどうかした？」という連絡が入った。

言い訳も思いつかず、嘘を言う気もなくて曖昧《あいまい》に言葉を濁したら、江藤は数秒黙ってからこれから会わないかと誘ってきた。断った笙を追及することなくその時は電話を終えて、以降は一日置きに夕飯の誘いがきているが、それも全部断った。遊びにも行かずアパートと職場を往復するだけの毎日は、夜がどれだけ長いのかを笙に思い知らせた――。

表示したスマートフォンの画面に、不在着信とメールの表示が出ている。先に着信履歴を確かめて、笙は呼吸を止めた。

一番新しい不在着信はつい五分前で、相手は守川だった。

「――……」

今日は日曜日で、時刻は午後四時過ぎだ。もうリミットだと知って、笙は手早く身支度をする。財布とスマートフォンをジーンズのポケットに押し込んで、早足でアパートを出た。

空は、見事な晴天だった。上着なしでは冷え込む通りを歩いて辿りついた駅に近い商店街は、休日の午後だからか買い物客で溢れている。

目についた喫茶店に入ってサンドイッチとコーヒーをオーダーし、窓際の席で青いスマートフォンを操作した。火曜日から今日までの六日間の着信履歴と留守番メッセージ、さらにメールを確認していく。それぞれ二桁あったものの、ほぼ九割は守川からだ。小一時間前に自宅で受けた最新メールの内容は、水曜日以降に届いたものとほとんど変わらなかった。

――何かあったのなら連絡してほしい。電話が無理ならメールでも構わない。

メール画面を開いたままのスマートフォンを置いて、笙はサンドイッチを手に取る。

この週末に外に出るのも、食事をするのも初めてだ。そして、これが最後の食事になる。

美味しいはずのサンドイッチが、やけにぱさついて味がしなかった。苦みしか感じないコーヒーで最後のひとかけを流し込んで、笙はスマートフォンを手に取る。保存メール画面を開いた。

この六日間、さんざんに考えて作った文章を流し読みして、言い訳じみて駄目だと即削除する。伝えなければならないことだけを短いセンテンスで綴《つづ》ったら、驚くことにたった三行のメールになった。

――「もう飽きました。二度と会いません。さようなら」。

迷う前に送信ボタンを押し、送信完了の画面を見てから電源を落とす。支払いを終えて店を出ると、ほぼ向かいにある携帯電話のショップへ向かった。

日曜の夕方だから込んでいるかと思ったけれど、さほど待つことなくカウンターに呼ばれた。言われた通りの席につき、電源を落としたままの携帯電話を差し出す。

「解約をお願いします」

言いながら、自分の中が半分削り落とされたような喪失感に襲われた。

11

「行ってきてください。おれは弁当なんで、ここですませますから」

翌月曜日、社員食堂に誘われた笙《しょう》がここ一週間の定番になった台詞《せりふ》で断りを入れると、先輩の山科《やましな》を筆頭にしたいつもの昼食メンバーは揃って微妙な顔をした。

「食堂で弁当食えばいいだろ。味噌汁だけでも買っときゃ間違っても文句は出ないはずだぞ」

「この時間は込むじゃないですか。味噌汁だけで席を取るのも気が引けますし」

答えた笙をしげしげと眺めた山科が、デスクの上に置かれた総菜屋のロゴ入り袋へと目を向ける。腰を屈《かが》めると、内緒話めかして声を落とした。

「おまえ、ここんとこ痩せたよな。何かあったんじゃないか?」

「……はあ。ちょっと実家がゴタついてまして」

「無理すんなよ? 何かあるならいつでも相談に乗るから、きつくなる前に声かけな」

山科は、就職以来笙が一度も盆暮れ正月に帰省していないのを知っている。そのせいだろう、神妙な顔で笙の肩を叩いただけで、いつものメンバーを促して社員食堂に向かうべく出ていった。

「実家、か」

両親は、笙が就職した年に離婚した。その後どちらも再婚したけれど、母親とは二年前に会ったきり、半年に一度メールがくるかどうかだ。父親とは大学二年のあの時から、一度も会っていない。

ため息をついて、笙は弁当に箸をつける。評判のいい弁当屋で買ったものだけれど、冷えているせいかどうにも味気ない。惰性で箸を使いながら、昼休み直前に回ってきた社内報を眺めてみた。社内はIT化がなされているのに、どういうわけだか社内報は回覧式なのだ。ぼんやり目で追った見出しに「営業部」の文字を見つけて、胸の奥が鈍く音を立てた。

社内で守川《もりかわ》を避けるには、できるだけ自席から離れないのが一番だ。昼食は自席で食べ、よほどのことがない限り開発部から出ない。移動の時は、遠回りしてでも営業部から遠いルートを選ぶ。

それだけで、守川と遭遇する確率はぐんと減った。先週は一度も会わない日もあったほどだ。すれ違っても守川は笙に気づかないのだから、あまり意味のないことではあるのだけれども。

「高平《たかひら》さん、これからどっか出られます？」

「ん？　いや、いるよ。……何、用事？」

「はあ。ちょっと、今朝彼女と喧嘩《けんか》しちゃって……電話だけ、してきたらまずいですかね」

弱り切った顔で眉を下げる後輩は、本日の昼休み当番だ。笙が所属する三課はどういうわけか昼休みにほとんど人が残らないため、緊急時の電話番として当番制で誰かが残ることになっている。

「行ってきな。どうせおれ、こっから動かないし。仲直りなら早い方がいいだろ」

「すみませんありがとうございます、今度何かご馳走させてくださいー」

頭を下げた後輩がすっ飛んでいくのを微笑ましく見送ると、室内にいるのは笙だけになった。こういうのも珍しいと思いながら、笙は再び社内報に確認印を押す。

「異動願い、か。……出してみるのもありかな」

守川の異動が営業部長の強い意向なら、当分はまず動かない。開発三課から他の課への異動が出るのは本人の希望か合わないと上から判断された場合で、これも稀《まれ》な話だ。新人研修を終えた直後から開発部にいる筐に、後者での異動の辞令が出るとも思えない。

今の部署にも人間関係にも特に不満はない。けれど、このままではこのあと何年も、守川の近くで働き続けることになる。いかに認識されていないとはいえ、その状況は精神的にかなりきつい。

異動を願い出たところで通るとは限らないけれど、何もせずにいるよりはいいはずだ——。

届けだけは出しておこうかとぼんやり思った時、ノックの音がする。社内報のクリップボードをデスクに置いて振り返った筐は、予想外のことに硬直した。

開きっ放しのドアの傍に守川がいた。会社で定番の眉間《みけん》に皺《しわ》を寄せた顔でこちらを眺めている。

「お、つかれさまです。課長は外出中ですが、呼び出しをかけた方がよろしいですか？」

ずれた眼鏡を指で押し上げながら、筐は意図的に声を高めに作る。その間にもこちらに向けられる視線の強さは変わりなく、今さらに社内で守川が怖がられている理由を思い知った。

「……直帰ですか。それとも、いったんこちらに？」

数秒の間合いで返った声が放った敬語に、肩から力が抜けた。こめかみ近くにある眼鏡のフレームを意味もなく握って、筐は言う。

「こちらに戻るはずですが、正確な時刻までは……連絡して、直接折り返すよう伝えましょうか」

「いや、そこまでは必要ありません。ありがとう」

律儀な礼に曖昧《あいまい》に頷きながら、これで帰ってくれるかとほっとした。なのに守川はその場から動か

ず、無言でじっとこちらを見ている。

暖房が効いているとはいえけして暑くはないのに、背中にだらだらと冷や汗が流れた。

「……念のため、きみの名前を訊いても？」

最悪のパターンだと、目の前が暗くなった。それでも嘘をつくわけにはいかず、笙は渋々言う。

「――……高平と言いますが」

「高平、何かな。下の名前は？」

そこまで追及しなくていいだろうと思いはしても、言うのは躊躇《ためら》われた。

素直に答えて、とっとと帰ってもらうべきだろうかと思った時、軽い足音が近づいてきた。

「高平さん、すみませんっ！　ありがとうございま……」

上機嫌で飛び込んできた後輩が、守川に気づいてぴたりと黙る。三秒後、焦ったように言った。

「お疲れさまです！　あの、課長も主任も今、席を外してて」

「――聞きました。また連絡します」

後輩に答える間も守川の目は笙に向けられたままで、蛇に睨《にら》まれた蛙の心境になる。

ようやく笙から目を離して、守川が踵《きびす》を返す。きれいな身のこなしで廊下に出ていった。

デスクに突っ伏して長い息を吐いていると、近づいてきた足音が言う。

「何かあったんですか？　見つめ合ってたみたいですけど」

「違うだろ。あれは睨まれてたって言うんだよ」

「やっぱりですか。けど高平さん、営業部とは何もなかったですよね？　ってことは、守川課長って、あれが標準なのかー。営業って大変だなあ」

「……確かに」

親身で面倒見がいいのも確かだろうけれど、あの雰囲気では安易に近づけなくて当たり前だ。

「それにしても珍しいですね。営業一課長が開発部三課まで乗り込んでくるって」

のろりと顔だけ上げて、筌はまだ興味津々に廊下の方を見ている後輩に言った。

「たまたま手が空いて、気になることがあったからついでに寄った、とかじゃないか？」

「そっか。それにしても男前ですねえ。笑わないの、もったいないですよね」

「かもな。――ちなみに彼女は今度会った時、笑ってくれそう？」

意図的に話をそちらに振ると、後輩は眩しいほどの笑顔になった。

「大丈夫そうです。ありがとうございました、お礼に今度お昼奢りますね」

「それより無糖の缶コーヒー希望。ついでに電話番しとくから休憩室で買ってきてくれないかな」

「了解です、けど明日も奢ります。行ってきます」

後輩を見送って、筌は社内報を手に取る。やはり異動願いは出しておこうと決めた。


日脚は短くなったけれど、一日は長くなった。

定時に仕事を終え、街灯が照らす夜道を自宅に向かいながら実感した。

異動して心機一転、というのは大いにありだ。一石二鳥どころか三鳥も四鳥もだろう。守川のいないところで、これまでと同じように会社員生活を送っていくことができれば十分だ。

……そうしたところで、簡単に吹っ切れるとは思えないけれども。

アパートの敷地に入る前に、ひょいと建物を見上げてみる。住み慣れたアパートだけれど、ここを出ればきっと気分も変わる。一時のごまかしも重ねていけばいつかは思い出になるはずだ——。

自宅のドアを施錠してドアチェーンをかけた時、電子音が鳴った。江藤《えとう》からの着信だ。

『笙、今どこ？　まだ会社？』

「今、帰ったとこ。これから夕飯にしてＤＶＤ観て寝る」

靴を脱いで部屋に上がりながら返すと、通話の向こうで友人は『じゃあさ』と声を上げた。

『夕飯がてら一緒に飲まない？　料理がうまい居酒屋教えてもらったんだ』

「悪いけど、今日はやめとく。また今度誘って」

『そっか。……あのさ、おまえ大丈夫？　ひとりで平気？』

響きだけはさらりとした問いに、これだから江藤には敵わないんだと思う。

今になっても、笙は江藤に何も話していないのだ。遊び用スマートフォンの件以降、いかにもなことが続いているのに——笙の今の状態にも気づいているだろうに、この友人は何も言わず訊くこともなく、気にかけていることだけを伝えてくる。

「前から思ってたけど、圭介って人間できてるよな」

『気づくの遅いよ。ってのは嘘だけど、とにかく無理するなよ。限界くる前に連絡すること』

「どーもありがとう。……ごめんな。落ち着いたら全部話すから」

『了解。けど全部落ち着く前にどっかで夕飯つきあいなよ。笙ん家《ち》でもいいからさ』

「へいへい。んじゃそのうちに」

請け合って通話を切った時、インターホンが鳴った。構わず靴を脱いで、笙は奥の部屋へ向かう。

基本的に、突然のインターホンには居留守を使うことにしているのだ。平日の夜に連絡もなく押し掛けてくるような友人知人はいないし、就職以来両親がここに来たことは一度もない。宅配便が届く予定はなかったたし、公共料金類はすべて引き落としになっている。

要するに、何かの勧誘か押し売りの類だ。そういう連中は大抵インターホン一回で反応しなければ帰っていく。たまに粘る者もいるが、それでも三回と鳴らさない、――はずなのだが。

「……しつっこいな」

着替えをすませて夕飯の支度をしようという頃になっても、インターホンはまだ鳴っている。通り側の掃き出し窓の明かりで居留守がバレているのかもしれないが、それにしてもご苦労なことだ。

何度目とも知れないインターホンの音に、笙はのそりと腰を上げる。キッチンの明かりは点けず足音を殺して玄関ドアに近寄ると、ドアスコープに目を当てた。外通路の明かりは十分で、少々歪んだ円の中でも訪問者の姿ははっきり見て取れる。

それなのに、最初は絶対に見間違いだと思った。いったんドアスコープから目を離し、無意味に頭を振ってみる。それからもう一度、おそるおそるドアスコープに目を当ててみた。

「……――!」

レンズに映ったスーツ姿は、間違いなく守川だった。

どうしてと、思った。何をしに——何のために、ここに来たのか。

いきなりゴツ、という音がして、反射的に玄関ドアから飛《と》び退《の》いていた。直後、再びゴツンと音がする。玄関ドアをノックしているのだ。

「セイくん。いや、高平笙くん。ここを開けてくれないか」

ドア越しに耳に入った言葉に、どこでどうなってバレたのかと思った。

固まったままの笙の耳に、間歇的《かんけつてき》なノックの音が聞こえてくる。続いて、少し硬い声がした。

「いるのはわかってるんだが。手が放せないのか?」

居留守を続けても無駄だ。この場は乗り切っても明日には出勤しなければならないし、守川が簡単に引き下がるとは思えない。下手をしたら、昼休みに三課にやってくるかもしれない——。

ひとつ息を飲み込んで、笙はドアチェーンを外す。思い切って鍵を開けた。

細く開いたドアの隙間に立った守川は、昼休みと同じように眉間に皺を寄せていた。笙を見るなり軽く目を見開く様子に、今の自分の格好のせいだと気づく。

会社での高平笙でも遊び場でのセイでもない姿なのだ。ぼさぼさにしていた髪の毛は身支度した時に軽くまとめて、自宅用の軽くてシンプルな眼鏡をかけている。

「話がある。中に入れてもらえないか」

「何も話すことはありませんし、こういうのは困ります。……帰ってください」

言い捨てて引いたドアに、守川が靴先を玄関の中にねじ込む。まさかのことに反応が遅れた自分に内心で臍《ほぞ》をかみながら、笙は守川を睨みつけた。

「……やめてもらえませんか。こっちの言い分は、メールで送った分で全部なんですけど」

「それでは納得できないいな」

こちらを見据える視線に怖いような色を感じて、いったいこれは誰なのかと思った。

無言で見合った視線の先、守川の後ろを過ぎようとしていた足音が立ち止まる。物言いたげにこちらを眺めているのは、顔見知りの奥の角部屋の住人だ。

「……困ってる？　加勢が必要？」

独特のとぼけた物言いに、反射的に首を振っていた。

「大丈夫。ごめん、ちょっと」

「そ。んじゃ加勢がいると思ったら悲鳴上げて。手が空いてたら飛んでくるから」

あっけらかんと言って、彼は飄々《ひょうひょう》と自室へと歩いていった。

「――確かに、今のままでは近所迷惑だな」

肩越しに奥の住人を振り返っていた守川が、ぼそりと言う。まっすぐにこちらを見た。

「中に入れる気になったら呼んでくれ。……きちんと話ができるまで、ここで待たせてもらう」

玄関に入っていた足を引くと、守川は開いたドアの真横の壁に凭《もた》れてしまった。

「ここでって……」

本気なのか、と思ったあとで気がついた。

あのまま言い合った場合、周囲の苦情は笙に向かう。けれど、守川がそこに立っているだけなら、不審者扱いで警察を呼ばれたとしても笙は被害者か無関係者で通ってしまえるのだ。

……こういう人だから、笙では駄目なのだ。きちんと終わらせるしかないと、腹を括った。

いったん閉じた玄関ドアを、ドアチェーンを外して押し開ける。意外そうにこちらを見た守川に言う。

「どうぞ。……入ってください」

今の自分はきっと、硬い顔をしている。自分でもそれがよくわかった。


「……どうやってここを調べたんですか」

玄関ドアが閉じたあと、狭い空間で沈んだ長い沈黙を破ったのは、笙の方だった。

これきり関係を切る気持ちに変わりはなかったから、上がるようには言わなかった。

守川の方も部屋まで上がるつもりはなかったらしく、玄関ドアに凭れたまま動く素振りはない。唐突な問いにも表情を変えず、笙の顔を見つめて事務的に言った。

「資料室に過去の社員名簿があった。職権濫用《しょっけんらんよう》は承知で見た」

「何でそんなもの……いつ気がついたんです？　おれが、その」

「バーで会った翌日だな。食堂でハンカチを拾っただろう。あの時に、同一人物だとわかった」

「……はい？」

思わず天井を仰いで、笙は吐き出すように言う。

「何だよそれ……、守川さんそんなこと一言も言わなかったじゃないですか！」

「意図的に見た目を変えていただろう。理由があるんだろうと思ったし、きみも気づかれたくないようだったから言わなかっただけだ」

そこまで読まれていたのかと、目眩《めまい》がした。そういえば、守川は営業部でもできる人だったのだ。

「心配しなくても、客観的には別人で通ると思うが？　単純に、私にとってきみが特別だっただけだ。第一、好きな相手を見間違ってどうする」

「……っ」

告げられた言葉に、場違いな歓喜を覚えた。それを無理に抑えつけて、笙は言う。

「困ります。昨日メールした通り、おれはもうあなたと個人的に会うつもりはないので」

「いくら何でも一方的すぎるのでは？」

守川の視線が強いのは知っていたつもりだけれど、それがつもりでしかなかったと今になってわかる。射貫《いぬ》くような視線は質量まで伴うようで、いつの間にか笙は俯《うつむ》いてしまっていた。

「無理なら断れって何度も言いましたよね？　だったらあれ以上の説明はいらないと思いますけど」

言い切って、笙はどうにか顔を上げる。目を合わせないよう、視線を彼の喉のあたりに当てた。

「確かにそう言ったが、納得できないのでね。きちんと説明してもらいたい」

「……ですから、守川さんと会うのに飽きました。それだけです」

笙の言葉を無言で聞く守川は、表情を変えない。なのに、視線は強くなっていく。

「もう帰ってください。それで、他の相手を探せばいいじゃないですか」

「他の？」

守川が口にしたたったの三音の響きに、真っ正面から切りつけられた気がした。

「おれなんかよりまともな人は大勢います。その中からもっとちゃんとした人を見つけてください」

「好きな相手なら目の前にいる。わざわざ探す必要性は感じないな」

即答はごく静かだったのに強くて、ずんと心臓の奥まで響いてきた。言葉を失い黙った笙に、守川は同じ響きの声で続ける。

「五年ぶりに本気になった相手なんだ。他を探せと言われても、私はしつこい性分なのでね」

どうして今ここでそんなことを言うのだろうと、思った。

この人のことが、本当に好きだ。男前なのに視線が強すぎるせいで周囲から怖がられていて、なのに意外に優しくて呆れるほど人がいい。仕事ができて、必要があれば躊躇わず強く厳しく出ることもあって、なのに疲れたり酒を飲んだりすると変に子どもっぽくなる。

会っていると楽しくて、だから素直に一緒にいたいと思えた。そんなふうに人を好きになったのはきっと大学の時の初恋以来で、だからそれが恋愛感情だと気づけなかった。

とても好きな人だからこそ、こうして思い知らされるのだ。この人にそこまで思われるほど、自分はまともな人間ではない。傍にいたいとどんなに願っても、そのたび釣り合わないと思い知らされる。そのくせ、こうして守川が追いかけてくれることを心の底から喜んでしまっている。

村瀬《むらせ》が決めたリミットが昨日だから、今日には守川に何かの連絡が入る。それまでに別れておかなければ、あのことが守川の耳に入ってしまう。それだけは避けたかった。

「……本当のことを言います。好きな人ができたので、その人とつきあうことにしました」

眉を上げた守川に、視線を当てたままで続けた。

「それで守川さんと会うのって、二股みたいでしょう。そういう面倒なのは嫌いなんです」

「なるほど。それで、相手は？　女性かな？」

「……男です。実は前々から気になってた奴で」

女の子だと言ったら守川の前の恋人と同じになってしまう気がして、反射的にそう答えていた。

「それなら、その恋人に会わせてもらおうか」

予想外の答えにぎくりとした。意図的にうんざりした顔を作って、笙は不機嫌に言う。

「冗談でしょう。そんな悪趣味な真似、誰が」

「引き合わせる必要はないよ。きみがその恋人といつどこで会うかを教えてくれれば、こちらから出向いて声をかける。きみはただ、ふつうにしていればいいだけだ」

「ふつうって、何ですか」

「私はきみに恋をして、何度断られてもしつこく追い回しているストーカーだ。そのつもりで対処して、恋人にもそのまま説明すればいい」

告げられた内容に、絶句した。

「……いい加減にしてくれませんか。ふざけるにも限度があるでしょう」

「あいにくだが本気だよ。ああ、もうひとつあったな。スマートフォンを解約したようだが、おそらく複数持っていたはずだ。今、使っている方のナンバーとアドレスを教えてくれ」

「教えてどうするんですか！　解約した意味がないじゃないですかっ」

噛みつくように言い返した笙を見つめて、守川は頷く。

「それなら気長につきまとうことにしよう。明日から毎日、仕事上がりにここに寄らせてもらう」

「はあ……？」

「朝早めに迎えに来て、一緒に出勤するのもいいな。社内でも声をかけさせてもらう。避けても構わないが、その場合は開発部まで会いに行くことにしよう。——立派なストーカーだろう？」

真顔のまま、目元だけ笑われて本気でぞっとした。

実行して周囲から問題視されるのは守川だ。笙自身は簡単に被害者になれてしまう。だったら、この人は本当にやりかねない。本能的にそう悟った。

「別のナンバーとアドレスを教えてくれるなら、そこまではやらないと約束しよう。連絡はさせてもらうが、きみの負担にならないよう配慮する。——できれば昼食は社員食堂を使ってほしいね。少なくとも日に一度はきみの顔が見られるだろう？」

「何でですか。おれなんかに、そこまで……」

「私はかなりしつこい性分でね。その分気も長いから、いつまででも待てると思うよ」

「————」

笙を見下ろす守川の視線は怖いほど鋭く、なのにとても優しかった。軽い目眩を覚えた笙を静かに見下ろして、守川は言う。

「さて、どうする？　選ぶのはきみだ。私はどちらでも構わないよ」

12

ビルの非常階段は、人気《ひとけ》がないという意味でかなりの穴場スポットなのだそうだ。特に、真夏と真冬にはその傾向が顕著になるという。

理由は簡単で、真夏には灼熱になり真冬は極寒となるからだ。おまけに金属製の階段は立ち歩くとかなり響く上、座って休めるような場所もないためさらに人が寄りつかない。

メールで指定された場所は、七階フロアからその非常階段に出てすぐの踊り場だ。時刻は昼休み終了の二十分前となっていた。

「……で、今日は何の用ですか」

防火用も兼ねているせいだろうが、非常階段に出る扉はやたらと重い。人目を避けて押し開けた隙間から外に出るなり真冬そのものの寒さに身震いしながら、ひたすら面倒そうな声を出した。

「クリスマスに会えなかったから、今夜あたり夕飯でも一緒にどうかと思ってね」

先客としてそこにいた守川《もりかわ》は、上質そうなスーツの背中を無造作にビルの外壁に預けていた。扉が開く時からそうしていたのか、首だけをこちらに向けてまっすぐに笙《しょう》を見ている。

「友人と約束があるのでお断りします。……その程度のことならメールにしてくださいよ」

「定型文の返信は味気なくてね。たまには近くで顔を見ないと落ち着かないんだ」

守川からの誘いのメールへの返信が、毎回「お断りします」のみなのは事実だ。なのに、それを指摘する守川は目元で笑う優しい顔でこちらを見ていて、笙は返答に窮してしまう。

「何度も言いましたよね。おれはもう、守川さんと個人的なつきあいをするつもりはないんです」

「こちらも何度も言ったはずなんだが。きみの恋人には、いつ引き合わせてもらえるんだ？」

切り返された内容は、守川が初めて笙の自宅アパートにやってきたあの日以降、電話でもメールでも会っていても必ずといっていいほど言われるものだ。

「……、そういう面倒なことは厭《いや》なんです。職場の中間管理職につきまとわれるって、すごく厄介な状況じゃないですか。引き合わせたあげく、退《ひ》かれてフラれたりしたらどうしてくれるんです？」

うんざりと言った笙に、守川はあくまで穏やかな声のまま、不穏な答えを寄越した。

「むしろ願ったりだな。その時は、謹んで後釜《あとがま》に立候補するよ」

「――守川さん、前と人格が変わってませんか」

「私は最初からこういう人間だよ。前とは立ち位置が違うせいでそう感じるんじゃないのか？」

くすりと笑う顔は確かに飲み友達だった頃と同じで、反論ができなくなる。

「とにかく、今日は駄目です。守川さんをあいつと会わせる気もありません。それと、いい加減社内で呼び出すのは自重してください。誰かに見られたらどうする気ですか」

一部で鬼呼ばわりされるやり手の営業一課長と開発部の地味社員という組み合わせだけでも周囲の目を引くだろうに、非常階段で会っていたとなるとどんな憶測を呼ぶか知れたものじゃない。この場合、好奇心満々の社員から事情を訊かれるのは笙の方と決まっているからなおさらだ。

「大丈夫だ。その時はフォローを入れる」

「……フォロー以前に、そんなものが必要になるような状況は作らなければいいじゃないですか！　携帯のナンバーもアドレスも教えてるし、おれも昼には社員食堂使ってますよね？」

「そうでもしなければ、きみとこうして話す機会がないだろう？　こうして食事に誘っても、きみは一度も応じてくれないからね」

ああ言えばこう言うとばかりに言い返されて、返答ができなくなった。

目をやった腕時計の時刻は休憩終了五分前になっていて、笙は短く息を吐く。

「――時間なので失礼します」

無愛想に言って背を向けた。屋内から重い扉を閉じる寸前、守川が階段を下りていくのが見えた。

笙が守川に別れのメールを送ってから、明後日で二週間になる。

……結局、守川に個人用スマートフォンのナンバーとアドレスを教えてしまったのだ。すんなり帰ってくれて安堵したのもつかの間で、小一時間後に届いた守川からのメールを見るなり後悔した。

メール内容は「明日仕事上がりに夕飯でも」という誘いと「恋人に引き合わせてもらうのに好都合な日時を知らせてほしい」というもので、即座に「どっちもお断りです」と返信した。そうしたら、「明日の昼休み終わり二十分前に七階の非常階段で」というリターンがあって、末尾には「来なかったら直接開発部に行く」と付け加えられていたのだ。

部署に来られるのだけは避けたくて、言われるまま応じた。以来、週に二度のペースであの場所に呼び出されている。

「そろそろ飽きるか、諦《あきら》めてくれないもんかな」

こぼれたぼやきは本気の本音だ。正直、守川がここまで食い下がるとは思ってもみなかった。もっとも、メールは毎日届くが多くて日に二通ほど、電話は週に二度程度と頻度は飲み友達の頃と変わらない。非常階段への呼び出し分は増えたものの、この程度ではストーカーとは呼べない。

それなのに、たった二週間で笙はかなり疲弊している。週明けにあと一日出勤すれば年末休みに入るというのに、年明け以降の状況を思うだけで憂鬱《ゆううつ》になる有り様だ。

「あれ、高平《たかひら》さん？　そんなとこで何やってたんですか」

声に顔を向けると、横手にある談話コーナーから出てきた後輩がじっとこちらを見ていた。

「あー、ちょっと」

もごもごつぶやく笙をきょとんと見つめて、彼は心配そうに歩み寄る。

「前から気になってたんですけど……高平さん、何か困ったことでもあるんですか？」

唐突な問いに首を傾《かし》げて、笙は眼鏡を押し上げる。視界にフィルターをかけるレンズが厚めのそれは、笙にとって制服の一部だ。これがある時は地味におとなしく目立たないことに徹底する。

「ここのとこ落ち着かない感じでぴりぴりしてますよね。休憩中も上の空だったり、時々ふっといなくなったりしてるし。その、何かあるなら山科《やましな》さんや平野《ひらの》さんに相談してみられたらどうですか。俺も、できることがあれば協力しますし」

困っているのは事実だが相談など論外で、いつもの顔で否定し礼を言う。そのタイミングで、午後の仕事開始三分前にセットしておいた腕時計のアラームが鳴った。

持ち場に戻って仕事に入ったものの、気がつくと数分前に会った時の守川の表情を思い出している。

そんな自分に呆れた。

「……やばい……」

この状況が続いたら異動時期の春まで保《も》たないと、切実にそう思った。異動願いを出したとはいえ必ずその通りになるとは限らないのだ。

だったら、筆に取れる手段はひとつだけだ。仕事の合間にも、定時での帰宅途中にも考え続けて、自宅アパートに帰りつくと同時に覚悟を決めた。おもむろに取り出したスマートフォンに目当ての番号を表示し、通話ボタンを押す。

『筆？　何、もしかして飲みの誘い？』

何もかも見透かされているような気分で、筆は思い切って告げる。

「夕飯と飲みの誘い。で、折り入って相談があるんだ」


江藤《えとう》が指定した店は住宅街の入り口にあって、居酒屋というよりダイニングバーに近かった。

看板を確かめて店内に入ると、奥の席にいた江藤に呼ばれる。ふたりがかりで決めたオーダーを店員に伝えてから、筆は店内を見回した。飲み屋というより、落ち着いた家庭的な空気に感心する。

「こんなとこあったんだな。初めて知った」

「うん。オレも二回目。ちなみに初回は三奈子《みなこ》と来た」

「へえ。三奈子ちゃん、元気？」

三奈子どころか江藤とも三週間以上会っていなかったのだ。ここまで間が空いたのは初めてで、運ばれてきた料理を目の前に互いの近況報告で話が弾んだ。

「実は、圭介《けいすけ》に折り入って頼みがあるんだけど」

テーブルの上の料理がなくなった頃に切り出すと、江藤は「何?」と首を傾げた。

「半日……いや、二時間ほどでいいんだけど。恋人のふり、頼めないかな」

どうにかこうにか口にして、すぐに後悔した。江藤の顔が、瞬時にして変わったからだ。

「何、それ。まさか例の男前とこじれてるとか言う? 別れる口実に他の男ができたとか言っちゃったからオレに恋人のふりさせて乗り切ろうとか思ってるんじゃないよね?」

怒濤《どとう》のような物言いに、これは例のスイッチが入っているのではなかろうかと思った。

しまったと後悔しても後の祭りだ。食いつきそうな顔で見ている江藤に、慌てて説明を試みる。

「いや、これにはいろいろ事情があって」

「どんな事情があったらそんなろくでもない話になるんだよ。いきなり遊び用のスマホ解約したのも、全然遊ばなくなったのも同じ理由だろ? それはいいとしてもさ、何でそういうのを今言うわけ」

「何でって」

「相談しろって、オレ何度も言ったよね。それもなしでいきなり一方的に頼みごと? 順番間違ってると思わない?」

「……はい、ごめんなさい。間違ってると思います」

素直に応じながら、相手が悪かったと心底思った。とはいえ、洗いざらい話せる相手は江藤以外になく、どんな反応をするかも察していた。それだから、これまで恋人の代理は立てなかったのだ。

「何でそうなったのか、全部言え。変に隠したらオレ、グレるからね？」

低い声は、笙にとっては恫喝《どうかつ》に近かった。


場所を変えようと言いだしたのは、江藤だった。

「こっからだとオレん家《ち》の方が近いからさ。明日土曜だし仕事休みだろ？　ついでに泊まってけば」

「泊まりはまあ、状況次第で」

一晩中説教は避けたい心境でぼそりと言うと、江藤は露骨に「ふーん」と鼻を鳴らした。

「要するに、後ろめたい事情があるってことだね」

返事は保留して、江藤のアパートに向かった。途中のコンビニエンスストアで酒とつまみと明日の朝食を買い込み、部屋に辿りついた時には午後十時を回っている。

買ってきたものを袋ごとローテーブルにどんと置くと、そのまま宴会が始まった。コップくらい出すかと腰を浮かせかけたとたんにシャツの背中を摑まれ、強制的に引き戻される。目つきが据わりきった友人に一言命じられた。

「余計なことしなくていい。それより説明が先」

「……はいはい」

観念し、テーブルを挟んで江藤の向かいに腰を落ち着ける。缶ビールのプルタブを引いて、状況を説明した。時折の問いを挟んで行きつ戻りつしながら話して、どのくらい経っただろうか。話し終えて気が抜けたようになっていると、江藤の声が沈黙を破った。

「前々から思ってたんだけどさ。笙って時々、本っ気で馬鹿だね」

「いきなりそれ言うか？　もう少しこう、オブラートにくるむとかさ」

「くるんだりしたら、気づかず丸飲みして終わりだろ。笙の言い分もわからないではないけど、客観的にはただの馬鹿じゃん。最初っから最後までほぼ惚気《のろけ》だったしさ」

「惚気ってどこがだよ」

「その自覚ないの、ふりだったらあとで張り飛ばそっと。それより、セクハラがセクハラじゃなくなる条件って知ってる？」

いきなり話をすっ飛ばすのは、スイッチが入った時の江藤の癖だ。眉根を寄せた笙の前で握っていた缶ビールを一気に呷《あお》って言う。

「される側が厭《いや》だと思わないこと、なんだよね。ストーカーも似たようなもんじゃん。オレだって、三奈子につきまとわれても嬉しいだけだし。それと、恋人のふりってオレには無理だから」

「圭介、脈絡なさすぎ。しかも言い切りやがるし」

「だってオレ、あのバーで男前と顔合わせてるじゃん。トモダチなのはバレてるだろうし、つきあい長すぎて初々しさの欠片《かけら》もないし、笙相手に色気出すとか生理的に無理」

まくしたてられて、笙はため息をつく。

「色気は必要ないだろ。それっぽくくっついてりゃそれで」

「あると思うよ。聞いた感じ、その男前って一筋縄じゃいかなそうだし、オレじゃなくて笙からバレる可能性も高い。おまえそういうの下手じゃん。それと、本当にその男前と別れていいわけ。後悔しない?」

真っ正面から、痛いところを突かれた。ほかの誰をごまかせても、江藤だけは無理だ。知っているから、笙は素直に言う。

「後悔なら、現在進行形でしてる。けど、自業自得だから仕方ないだろ」

「何で仕方ないんだよ。別れる気なんだったら、それこそ全部男前に話してみればいいじゃん」

「却下。絶対怒らないで飲み込むってわかってる人に、そんな真似ができるかよ」

頬杖をついて言い返すと、江藤は大仰に肩を竦《すく》めた。

「頑固だよな。確かにあの時の笙の言い分はどうかと思うよ? けど、状況が状況だったんだし」

「それはあの人には関係ない。世の中には言っていいこととまずいことがある。……なによりおれにはあの人はもったいないと思うんだよな」

「もったいないって、笙だって別にひどいわけじゃないじゃん」

呆れ声になった江藤の手元でスマートフォンが鳴る。怪訝そうな顔をして、笙に断ってから通話に出た。発した言葉は「久しぶり」や「急にどうしたの」で、どうやら三奈子ではなさそうだ。

その間に、笙はキッチンに立った。頭を冷やそうと二人分の氷水を作っていると、カットソーの肘を引かれる。振り返ると、江藤が珍妙な顔で立っていた。

「笙に電話。カオリちゃんがおまえにかけても繋がらないんで、オレにかけてみたって」

渡されたスマートフォンを眺めながら、最後に会った時にカオリに何を言ったかを思い出す。江藤に礼を言って耳に当て、名乗った続きで謝ると通話の向こうから拗《す》ねた声がした。

『番号変わったんだったら連絡くらいしてよ！　捕まらなかったらどうしようかと思ったじゃない。それでセイくん、明日の昼過ぎから時間取れる？』

「カオリと彼氏の都合優先でいいよ。週日は仕事なんで夜しか無理だけど、週末なら昼間でも――」

とうとうきたかと清々しい気分で言いかけたのを、さっぱりと遮られた。

『そっちじゃなくて、ムラセって人と連絡取れたの。セイくんの伝言伝えたら明日なら会えるって』

「カオリ、……頼んでくれたんだ？」

あり得ないことに、声が裏返った。

『先生とばったり会ったからダメもとで言ってみただけよ。で、明日で大丈夫？』

先方に指定された店の名は初めて聞くものだったが、即答で了承した。

『セイくんはあのへん知らないでしょ。しょうがないから道案内だけしてあげる』

予想外の申し出にぽかんとしている間に勢いに押され、最寄り駅改札口での待ち合わせが決まった。

通話を切ってスマートフォンを江藤に返すと、物言いたげに見つめられる。

「いつの間にカオリちゃんと和解したわけ」

「和解してない。こっちがダメもとで頼みごとしてただけ」

水滴が浮いたグラスの水を半分ほど一気に飲んでから経緯を話すと、江藤はぽかんとした。

「そこで声かける筐もだけど、橋渡ししたカオリちゃんも凄いな。けど、もうリミットは過ぎてんじゃん？　今になって男前の友達と連絡取ってどうすんだよ」

うん、と笙は頷く。

「ちょっと思いついたことがあってさ」

13

翌土曜日は見事な冬晴れになった。雲ひとつない空は澄んで高く、その分だけ気温も低い。

着込んだ上着の襟をかき寄せた笙《しょう》が待ち合わせ場所の改札口に出向くと、そこにはもうカオリがいた。一緒かと思っていた恋人の姿はなく、カイくんも一緒かと思ってた」

「セイくん、ひとりで来たんだ？　カイくんも一緒かと思ってた」

「来たがってたけど置いてきた。そっちこそいいのか？　彼氏さしおいておれと一緒って」

「ノリくんには話したから。セイくんこそ、信じていいんだ？　全部あたしの嘘かもしれないのに」

「カオリはこういうことで嘘はつかない。仕返しするなら正々堂々だろ」

笙の返事に目を丸くしたカオリは、小さく頷いてから冬色に染まった通りへと歩きだす。

「セイくん、何かあったでしょ。それって、村瀬《むらせ》さんて人と関係ある？」

「何かって」

「前会った時も思ったけど、雰囲気が全然違うもん。別れたばっかりの時はどーでもいいって感じだったけど、今はちゃんとあたしを見てくれてるよね」

真っ向から言い切られて、正直返答に詰まった。それでもごまかす気になれず、笙は言う。

「好きな相手ができたんだ。……たぶん十年ぶりくらいに、本気で」

足を止めて大きな目を瞬《またた》かせたカオリに、笙は自嘲気味に続ける。

「けど、おれが馬鹿やったせいで合わせる顔がなくなった。これまで自分がどれだけろくでもないことをやってたかにも気がついたんだ。もう遅いけどな」

「……その、好きな人？　とセイくんは、今、つきあってるの？」

数秒、複雑そうな顔をしていたカオリの次の問いはそれで、筌は軽く笑う。

「いや。もうやめようってこっちから話した。おれにはもったいなさすぎっていうか、どう考えても釣り合わない人だからさ。けど、向こうが納得してくれなくて困ってる」

「その人が、ムラセさん？」

「違うよ。村瀬さんはその人の友達。変に長引いてるから終わらせるのに手を借りようと思ってさ」

「……納得してくれないってことは、その人もセイくんを好きなのよね？　なのに終わらせていいの？　やっと本気になった人なんでしょ？」

再び歩きだしたカオリと並びながら、予想外の反応に「あれ」と思った。てっきり、カオリは呆れるとばかり思っていたのだ。

「セイくんって本気にならないので有名だったじゃない。せっかく見つけた人を簡単に諦《あきら》めちゃっていいいんだ？　そんなことやってたら、ひとりのまんまでおじいちゃんになっちゃうわよ？」

言われた内容は笑い飛ばすには微妙すぎて、筌は渋面になってしまう。

「あたしや前につきあってた子に悪かったからとか言わないでよ。そういうの、迷惑だもん。本気の人が見つかったんだったら自己責任でぶつかっちゃえばいいじゃない」

「……カオリ」

「これまでのセイくんの彼女って、どうすればセイくんを本気にさせられるかってゲーム気分でいた子がほとんどだと思うよ。セイくんを無視したり悪口言ったりするのも負け惜しみだから、あんまり気にしなくていいと思う。……なかにはあたしみたいに、本気の子もいたと思うけど」

「――――」

「セイくんが誰にも本気にならないのは二年傍にいてわかってて、だけどあたしのことは可愛がってくれてたから大丈夫じゃないかって思いたかった。恋人になったせいで距離が遠くなるとは思わなくて、それがたまらなく厭だった。……でも、今のセイくんはいいなって思う。ちょっと格好悪いけど、ちゃんとここにいてあたしを見てくれてるもん」

そう言うカオリのえくぼの浮いた笑顔は、妹分だった頃と変わらないままだ。

「本気の相手があたしじゃなかったのは悔しいけど、こればっかりは仕方ないし。だけど、どうせだったら諦める前にもっと格好悪くじたばたしてもいいんじゃない？」

からりと言って、カオリは足を止める。信号の先にあった緑色の格子扉を指して、待ち合わせ場所はそこだと教えてくれる。見れば、時刻はちょうど約束の五分前になっていた。

「わざわざありがとな。……お礼、しときたいんだけど」

「だったらセイくんの新しい連絡先、教えて。それで、今度は友達として奢って？」

思いがけない提案に思わず目をやった笙に、カオリは妹分の顔で笑ってみせた。

カオリと別れて足を踏み入れたその店は、喫茶店ではなく珈琲店《コーヒーてん》だった。

独特の香りの中、カウンターの前に立ってやや強面の店長らしき人物に村瀬の名を告げる。奥の個室に行くように言われて、筆はオーダーをすませてからそちらへと足を向けた。

ドアの向こうは十二畳ほどの空間で、複数の長テーブルと椅子が壁際に寄せてあり、手前に丈の高い観葉植物が置かれていた。コーナーにある衝立《ついたて》は、複数席を作る時の目隠しに使うのだろう。その手前、右手の窓際にひとつだけ作られていた丸テーブルの席に、村瀬がいた。

「いきなりで申し訳なかった。都合は大丈夫だったのか？」

今日の村瀬はスーツではなく、セーターにスラックスというラフな格好をしていた。相変わらず学生扱いされている気がしないではないが、過去二回と比べればずいぶん威圧感は薄い。

「こちらこそ、急にすみません。たぶん、思いがけないルートで話がいったんですよね？」

「まあな。まさか千田《せんだ》先生からきみの名前を聞くとは思わなかった」

「おれが仲介頼んだ子が、千田さんに頼み込んでくれたんです。勝手な真似をして本当にすみません。村瀬さんの連絡先がわからなかったので」

席につく前に頭を下げると、村瀬はこめかみを掻きながらぼそりと言う。

「連絡先も教えず言い逃げしたのはこっちだ。あの時は噂を鵜呑《うの》みにして、ひどい言い方をして申し訳なかった」

絞り出すように謝罪されて、つい苦笑がこぼれた。

「噂といってもほぼ事実だし、あの状況では村瀬さんが正しいんだから怒って当たり前です。失礼だったのはこっちの方です。本当にすみませんでした」

「いや、しかし」

「それより、村瀬さんはどのくらい状況をご存じですか?」

笙の問いにかぶさるようにノックの音がした。コーヒーを運んできた店員が出ていくのを眺めながら、笙は村瀬が困惑気味にこちらを見ているのに気づく。

「……およそは聞いているはずだ。きみと連絡が取れなくなって一週間後に、いきなりもう会わないとメールがきた。アポなしで自宅に押し掛けたら恋人ができたと言われたが、納得できなかったから連絡先を聞き出して、今は専属ストーカーをやっている、とか」

「それ、守川《もりかわ》さんが言ったんですよね……」

わざわざそんな言い方をしなくてもと、心底思ってため息が出た。

「やり方を間違えたらしくて、守川さんが諦めてくれないんです。何だかムキになってるみたいなので、どうにかやり直しをしたいんですけど」

半分懺悔《ざんげ》のつもりでぼそぼそ言うと、村瀬は眉根を寄せてしまった。

「——以前は、諦めがよかったはずなんだ。ほかの相手ができたでも結婚するでも仕事の都合でも、はっきり理由をつけて別れを言われればあっさり応じる。話を聞いたこっちが呆れて腹を立てるような内容でも、だ。……どうやら今は違っているらしいな」

「今になってそう言われてもおれも困るんです。村瀬さん、ちょっと協力してもらえませんか」

本題とばかりに切り出した笙に、村瀬はぎょっとしたように目を見開いた。

「協力って、何をさせる気だ？」

「おれの噂は全部話してもらっていいので、適当に脚色して守川さんに幻滅されるように仕向けてほしいんです。守川さんは間違いなく、おれのこと買いかぶってるので」

「きみには新しい恋人がいるんだろう。会わせてやれば守川も引き下がるんじゃないのか？」

痛いところを指摘されて、筮は仕方なく白状する。

「それができないから頼んでるんです。ふりを頼んだ友達には断られたし、ほかにあてもなくて」

「嘘なのか。俺があんなことを言ったからか？　だったらあれを撤回すればいいわけか？」

先生然として渋面で言う村瀬だが、口にした内容は妙に気弱だ。筮を眺めて、長いため息をつく。

「あいつはまだきみが好きだぞ。――きみも、憎からずなんだろう？　考え直したらどうだ」

「おれみたいのは守川さんに近づけたくないって、村瀬さんが言ったんですよ？」

呆れ声で言った筮に、村瀬は苦虫を噛んだような顔をした。

「いや、それはだな」

「咎《とが》めてるわけじゃなくて、正しいと思いますよ。ああいうきちんとした人はおれとは合いません。もっとまともな人とつきあうべきです」

「……その言い方では、きみがきちんとしていないように聞こえるが」

「当たり前です。あそこまで優しい人に、おれみたいなろくでなしは合いません」

「ろくでなしって、おい」

眉根を寄せて睨むような表情とは裏腹に、村瀬は困っているようだ。雰囲気でそう感じた。

「守川さんから、前の恋人との話を聞きました。……あんな優しい人は、おれにはもったいなさすぎます。不釣り合いだし、何より自分で自分に愛想が尽きました」

「ちょっと待て」

「できるだけ早く決着をつけたいんです。実はおれ、守川さんとは勤務先が同じなんですけど、このままだと異動まで身が保《も》たない気がするんで」

「異動？　守川は移ってきたばかりじゃなかったか？」

「守川さんじゃなくて、おれの話です。ただ、希望を出しても辞令が出るとは限らないんですよね。その場合はどうしたもんかなーと」

自嘲気味に言って息を吐くと、カップを手にじっとこちらを見ていた村瀬と目が合う。

「守川と顔を合わせないために、異動を希望したのか？」

「……現状だと、守川さんが愛想尽かしてくれたとしても、社内でちょくちょく出くわすことになると思うんです。それはキツいなあと」

キツい、と繰り返した村瀬を前に、笙は苦く笑う。

「異動したところで、当分引きずるのはわかってるんですけどね。おれも結構諦めが悪いんで、守川さんに新しい恋人ができるのは見たくないし、知りたくもないんです」

言いながら、考えただけで気持ちが沈んできた。頭を振ったついでに思考も振り飛ばしていると、笙をじっと眺めていた村瀬がそろりと言う。

「きみの言うことは、どうも守川への告白にしか聞こえないんだが」

指摘されて、本音をこぼしていたのを自覚した。あえて返事はせずに、笙はカップに口をつける。

「きみは、ずっと女性とつきあっていたはずだ。守川は男だが、恋愛するのに抵抗はないのか？」

「あるに決まってるじゃないですか。友達に迫られた時なんか、冗談でも寒気がしましたよ。——けど、守川さんは例外だったんです。抵抗がないってことに気づかなかったくらいで」

「……それは、完全に惚れていると言わないか？」

ぼそりと聞こえた声を耳にして、かあっと顔が熱くなった。慌てて笙は村瀬に釘を刺す。

「間違っても守川さんに喋《しゃべ》らないでくださいよ？　喋ったら本気で恨みますからね」

「わざわざ教えてやる義理はないな。これでも反省してるんだ。他人の恋路は放置するのが一番だ」

苦い顔で即答すると、村瀬はしげしげと笙を見た。

「きみはかなり守川を美化してるぞ。あいつはそれほど優しくはないし、人が好《い》いどころか結構たちが悪い。下手に考えすぎるよりはとっとと観念した方がいい」

「はあ」

前半はともかく、最後の一言は何なのか。眉根を寄せた笙を見つめて、村瀬は言う。

「守川がきみに愛想を尽かすように協力するという要望には、協力できないな。諦めてくれ」

「待ってください！　そんなこと言われても困ります」

「俺も我が身が可愛いんでね。妻も子もいることだし」

席を立った村瀬が、ぽかんと見上げる笙に深く頭を下げてくる。

「悪かった。これまでのこともだが、今後も含めて詫びておく」

「村瀬さ――」

大股にドアに向かったかと思うと、村瀬は思い出したように振り返った。椅子に座ったまま身を捩《よじ》って見ていた笙を眺めて言う。

「これでチャラだぞ。もう根に持つなよ」

何を言っているのかと笙が顔を顰《しか》めた時、村瀬とは別の低い声が聞こえた。

「わかった。そういうことにしておこう」

「……言質《げんち》は取ったからな」

ほっとしたように言った村瀬は気の毒そうな視線を笙に向けてから、ドアの外に出ていった。

「……――」

声もなく、笙は部屋のすみに目を向ける。

ここの備品だろう衝立は白木を組み合わせた品のいいもので、今は部屋のすみにひっそりと置かれている。その後ろから、見知った長身が姿を見せた。

見慣れたスーツにネクタイではなく、Vネックの濃い色のカットソーに上着を羽織っている。それでも変わらない鋭い雰囲気は、どうしたところで見間違えようのない――。

「守川さ……」

どうしてこの人が、ここにいるのか。

竦《すく》んだように椅子に座ったまま、笙はすべて聞かれてしまったことを理解した。

14

「あの」と声を絞っても、守川《もりかわ》は足を止めてくれなかった。笙《しょう》の肘を摑んだまま、ちらりと振り返る。

「手を、離してもらえませんか。人に見られたりしたら」

「構わない」

一言を最後に、守川は再び前を向いてしまった。正面玄関とは別の小さな出入り口を鍵を使って開く間にも笙の肘から手が離れることはなく、そのままマンションのエントランスに入れられる。

——顔を合わせてすぐに、店の外に連れ出された。駐車場に駐《と》めてあった車に乗せられた時も、車が走っている間も状況が飲み込めず、自分がどこに連れていかれるのかなど考えが及ばなかった。

村瀬は笙を嫌っているか、あるいは呆れているはずだ。それでも、守川から笙が離れた方がいいという意味では意見が一致していた。だからこそ、会うことに迷いはなかった。

それなのに。

やんわりと背を押されて進んだエレベーターの中で、守川が七階のボタンを押す。

……このままでは、守川の部屋に連れていかれて、先ほどの話を蒸し返される。

逃げようと思った時、エレベーターが音を立てて止まった。動くより先に肘を取られて、笙は扉の外に連れ出される。抵抗の気配に気づいたのか、引き寄せられて肩を抱かれた。知っているのとはどこか違う強引さに引っ張られて、笙は守川の部屋に入れられる。

「……上がりなさい。お茶でも淹《い》れよう」

集合住宅の玄関先は、天井に明かりがあっても戸外より暗い。静かな声に顔を上げるなりすぐ近くにいた守川とまともに目が合って、そのまま逸らせなくなった。

「ここでは冷える。靴を脱いで――」

「どうして守川さんが、あそこにいたんですか。村瀬《むらせ》さんから誘ったとは思えないんですけど」

唐突な問いに、守川が目元を和らげる。

「昨夜村瀬と飲んでいる時に、あいつの知り合いが声をかけてきたんだ。セイくんが連絡を取りたがっているという伝言を、預かっていると」

それでおよその状況が読めた。息を吐いた笙に視線を当てて、守川は続ける。

「村瀬の様子がおかしいとは思っていたんだ。初対面であれだけ突っかかったこともだが、きみのことを聞きたがるわりにこちらから話すと過剰反応をする。それに、きみがあいつに連絡を取りたがる時点で事情があるのは間違いないと思った。だからその場で時間と場所を指定した上で、今日は強引に同行したんだ。村瀬はかなり困っていたようだがね」

道理でと、少しばかり村瀬に同情した。とはいえ今困っているのは笙の方で、何とか言葉を探す。

「隠れて盗み聞きっていうのは、あまりいい趣味とは言えないんじゃないですか？」

「昨夜の段階で私がいると知ったら、きみはまず断っただろう？　さっきの店でも、目に見えて私が同席していたら逃げられると思った。それに、きみが私には言わないはずの話を聞きたかった」

最後に付け加えられた言葉に、ぎくりと肩が揺れた。寄ってくる気配から後じさると、踵《かかと》が壁に突き当たる。いつの間にか、笙は後ろを壁に、前と左右を守川とその腕で囲まれていた。

髪の毛に、何かが触れてくる。頑《かたく》なに俯《うつむ》いていると、静かな声に低く囁《ささや》かれた。

「もう飽きたというのも二度と会わないというのも、きみの本意ではなかったんだろう?」

「………」

「恋人ができたというのが嘘なら、私とは無理だというのもやはり嘘だろうな。そうやって隠さなければならない何かが、きみにはあったわけだ」

誰にも見えない奥深い場所に隠しておいた秘密が、目の前で暴かれていく。息を殺して俯いていると、ひんやりとした手のひらが両頬に触れた。びくりと肩が揺れたのに構わず優しくて強引な力で顎を上げさせられる。視線を逃がすこともできずに、笙は守川を見返した。

こんなに近くで顔を見るのは久しぶりだ。見下ろす視線の鋭さも眉間《みけん》に刻まれた皺《しわ》も、少し冷たい手の感触も泣きたいほど懐《なつ》かしくて、心臓が小さく音を立てる。

「異動願いを出したのは、無関係になった私と顔を合わせるのがつらいからか。――きみは私を好きでいてくれると、思って構わないか?」

静かな声が、笙の中の深いところまで響く。鋭いばかりだった視線が熱を孕《はら》んで、頬を包んでいた指が顎《あご》のラインや耳元をくすぐった。

「笙? 答えてくれないか?」

初めて名前を呼ばれて、もう限界だと思った。小さく頷いて、笙は声を絞る。

「守川さんのことはすごく、……好きです。でも、やっぱりおれには無理――」

目の前に濃い影が落ちたと思った直後に、唇を奪われた。二度、三度と啄んで離れたかと思うとさらに深く重なってくる。

「っん、――ふ、……っ」

もう慣れた行為のはずなのに、ひどくいきなりに思えた。深くなったキスを受け入れながらその理由を探して、笙はようやく気づく。

守川はいつも、触れる前に笙に一言断っていた。なのに、今日はそれをしなかったのだ。

唇の奥をぐるりと探ったキスが、小さな音を立てて離れていく。近い距離からじっと見つめられて、強い視線に呼吸が止まった。長い指にそっと喉を撫でられて、笙は浅く息を吐く。

「今のうちに言っておく。もう遠慮はしない」

「え？」

「気長に待とうと思ったが、待ちくたびれた。きみが私を好きでいるなら、許可は必要ないはずだ」

あの、と言いかけた声が、掬《すく》うように重なったキスに呑まれる。壁に押しつけられ、いつの間にか動いていた腕にきつく腰を抱かれた。息苦しさにもがいてみても顎を掴む指も腰に回った腕もびくともせず、かえって咎《とが》めるように舌先を齧《かじ》られる。

「ん、……ふ、ぅ」

「厭《いや》だったら本気で逃げた方がいい。今日は、途中でやめてやれない」

キスの合間に囁かれた言葉に、逃げられないと――逃げたくないのだと、悟った。

自分には釣り合わない人だから、諦《あきら》めようと必死だった。早く離れるべきだと、いっそのこと嫌ってくれないかと願いながら、それでも傍にいたかった。

だから、異動願いを出したのだ。叶わなければ近くにいる大義名分ができるし、叶った時は離れるしかないけれど、それでも同じ会社という意味では繋がっていられると思った。

……結局、諦めきれないのだ。必死であがいても、この人を忘れたくなかった。

「守川さ——」

なぶられるままに任せていた唇と舌先に、キスに応《こた》えるように力を込める。今の今までだらりと落ちていた指を上げかけると、肩からずり落ちていた上着が足元に落ちて風を起こした。

高い位置にある守川の髪の毛に指を入れてしがみつくと、腰に回っていた腕が痛いほど強くなる。苦しいような抱擁《ほうよう》に安堵しながら、筌は大好きな人の頭を抱き寄せた。


呼吸の合間にこぼれる音のような声と布が擦れる音が、ひどく耳についた。

白い天井を見るとはなしに見上げながら、そういえば前にこの部屋に泊まったことがあったと思い出す。同時に、今自分がここにいることをひどく不思議だと感じた。

「……っあ、——ん、っ」

ベッドの上であおのいていた顎を摑まれ、頷く形に引かれる。素直に従うなり目の前に影が差して、覆いかぶさってきた影に唇を奪われた。

角度を変えては何度も啄まれたかと思うと、半開きになっていた唇の奥を搦《から》め捕《と》られる。深いキスをしながら胸元で尖った箇所を指先で探られて、素肌になった上半身が大きく震えた。何も着ていないことが心許《こころもと》なくて、笙は上になった広い肩にしがみついている。

——長く続いたキスのせいで玄関先で動けなくなった笙を掬いあげて、この寝室まで連れてきてくれたのは守川だ。もつれ込んだベッドの上で息苦しいまでのキスをくれながら、笙が着ていたセーターをシャツごと頭から抜いてしまった。

けれど、今の守川は一度だけホテルに入った時とはまるで違っていた。

「……笙」

呼ばれ始めたばかりの名を発した唇が、唇から喉を伝って胸元へと落ちる。今の今まで指先でいじられていたそこはヒリつくようで、そっと吸われただけで身体の奥がじんと痺れた。反対側の尖りを指の間に挟むように擦られては引っ張られて、そのたび痺れに似た感覚が肌の底に広がっていく。その全部が性急なうえにろくに何も訊いてくれない。

前のホテルの時の守川は、ずっと静かで穏やかで、笙の反応や言葉を気にかけてくれていた。それなのに、今はまるで嵐のようだ。かけてくれる声はちゃんと優しいのに、キスや指先は容赦なく笙を追いつめていく。

「や、……っあ」

胸元を噛んでいたキスが離れていく気配にどうにか目を開くと、滲《にじ》んだ視界の中で守川がじっとこちらを見つめている。たったそれだけのことで、全身に痺れが広がった。

逃げた腰を強引に引き戻され、胸元から離れた手のひらに腰骨をなぞられる。ジーンズの縫い目を辿って下りた手に大腿を探られ、膝裏の窪《くぼ》みを撫でられて、ぞくぞくとした熱が灯っていく。

胸元へのキスに戻った守川が、宥《なだ》めるように笙の脚を撫でていく。肝心な場所には届かない接触に安堵と失望が混じった息を吐くと、いきなり脚の間に手のひらが滑り込んだ。二度目の刺激はなまじ知っているだけに生々しく五感を刺激して、肌に触れられることにすら鋭敏になっていく。

「っあ、待って」

「待てない」

低くて素っ気ない即答が、けれどどこか甘く聞こえた。言葉と合わせたように布越しにも張りつめた箇所を探られて、腰のあたりがびくびくと揺れる。

制止のつもりで伸ばした手は数秒遅く、守川の手を摑むだけに終わった。それでも、握ったままのその手の動きとその箇所に伝わってくる刺激が重なっているのは厭というほどわかって、それでなくとも熱を帯びていた箇所が温度を上げていく。

ジーンズごと下着を取られて直接触れられてしまったらもう、動けなくなった。喘《あえ》ぐように継ぐ呼吸にすら色のついた声が混じってしまいそうで、笙は必死に唇を嚙みしめる。

その箇所を探る指がそれぞれ動くたび、鳥肌が立つような悦楽に襲われる。揺れる腰を上から押さえられ、胸元の尖りに吸いつかれて、肌の内側に沈んでいた熱が逆巻くように流れだす。

胸元から離れたキスに喉や顎のつけ根を辿られて、堪《こら》えていたはずの声が出る。耳につく音のような響きは甘えたように聞こえて、それが気恥ずかしかった。

シーツが擦れることにすら、肌のそこかしこに引きつるような悦楽が走った。それもこれも笙には知らない感覚で、必死で唯一頼れる人の名を呼ぶ。

「守川さ……」

色を含んで掠《かす》れた声は、唇を塞いだキスに封じられる。浅い呼吸が続く中、息苦しさに背けた顔を追われて食らいつかれ、頭の中が霞《かす》んだように何も考えられなくなった。意識に上るのは触れてくる体温とキスと手のひらばかりだ。

逃げる腰をきつく抱かれ、ぎりぎりの際まで追いつめられる。無意識に動いた顎を摑まれ、深く呼吸を奪われた。奥の奥まで探るような容赦のないキスに、呼吸が詰まり何も見えなくなる。

いつ終わったのかも、意識になかった。気がついた時には目の前に守川の顔があって、怖いような表情でじっと笙を見つめていた。

ほんの少しの間、放心していたらしい。膝にかかった手のひらの感触を認識する前に、左右を大きく開かされてぎくりとした。反射的に閉じようとしたものの力負けして慌てて顔を起こして、あり得ない光景の目の当《ま》たりにした。

「や、待っ――！」

必死で口にしようとした言葉を噛んだ奥歯の間で殺して、笙は全身を引きつらせる。ほんの一メートル足らず先、自分の膝の間に顔を埋《うず》めてしまった守川の頭を、食い入るように見つめた。

行為そのものは、よく知っている。以前つきあった女の子の中に好奇心旺盛で積極的な子がいて、やってくれたことがある。それがどれだけ快いかも、知っている。

けれど、相手が守川となると話は別だ。厭なのではなく、この人からそれをされていることが消えてなくなりたいほど恥ずかしかった。

湿った体温に包まれた箇所から、断続的な波が寄せてくる。弱くなったかと思えば強くなり、ぎりぎりまで寄せたはずが遠く浅く引き返していく。その感覚に、思考が危うく溶けていく。

「だ……っ」

放った声は、自分でも厭になるほど甘く聞こえた。必死で捩《よじ》った腰は力尽くで引き戻され、強い力で固定される。押しのけようと伸ばした指にはろくに力が入らず、膝の間に留まった髪をどうにか指先に絡めたものの、不意打ちで肌を探られる感触にびくんと揺れてシーツの上に落ちてしまう。

「う、そ……っ、……きたな、から……っ」

腰の奥にある自分でもまず直接には触れない場所を、湿った指がそっと撫でていく。その感触におぞけを覚えたものの、それは波のような悦楽に飲み込まれた。あとに残ったのは、今にも泣きだしそうな筌の声だけで、それすら届かなかったのか守川は反応しなかった。

守川が動くまで、どのくらいの間があっただろうか。先ほどとは違い限界手前で唐突に解放され、今度は指先でやんわりと握られて、どうしようもなく腰が揺れる。それを押し殺して、筌はどうにか身を起こすと、気配で気づいたらしく両膝に手をかけたままの守川と目が合った。

顔どころか、全身がその場で蒸発するかと思った。頬が真っ赤になっているのを確信しながら、筌は途切れそうになる声を何とか繋げる。

「か、わります……今度はおれが」

見下ろす守川の器用に片方の眉だけを上げた表情に、何の根拠もなく失敗したと悟った。

「それは次回に頼もうか。今日はこっちで頼みたいんだ」

「こっち……？」

おうむ返しに口にした笙に頷いて、守川は再び顔を沈める。肩で喘ぎながらそれを見ていた笙は、その直後、あらぬところに吐息を、ついで湿った圧迫感を覚えて喉の奥で悲鳴を上げた。

ほんの少し前まで指先で撫でられていた場所だと知って、頭を殴られた心地になった。

男同士でそこを使うのは知っていたものの、まさか口をつけられるとは思ってもみなかったのだ。

いやだと訴えた声が揺れて、情けない響きを帯びる。聞こえないのかわざと知らないふりをしているのか、膝を摑んだ指の食い込むような強さも、腰の奥を撫でる体温のゆるゆるとした動きも一向に止まってくれず、途中で堰《せ》き止《と》められた苦しさと相俟《あいま》って、視界が歪んでしまう。

「泣くほど厭なのか？」

困ったような声とともに、目の前に影が差す。眉根を寄せた守川を見るなり、視界が決壊した。こぼれた涙を追うようにこめかみにキスをされて、笙は必死で守川の肩にしがみつく。

「っ、きたな——おれ、昨夜シャワーしたきり……」

「気にするな。待てないのも待たないのもこちらの勝手だ」

「やだ、で、」

でも、と言いかけた声をキスで塞がれる。角度を変えて触れてくる体温に安堵して息を吐くと、間合いを測っていたようにまたしても腰の奥を指先で撫でられた。探るような動きにまさかと思った時は遅く、わずかに緩んだ場所を確かめるように押し込まれた。

「……悪い。今日は何を言われても聞いてやれそうにない」

押し殺したような声とともに身体の奥で指先を蠢《うごめ》かされて、鈍い痛みと圧迫感に本能的に腰が逃げた。長い腕で引き戻され、捉《とら》われてまた抉《えぐ》られる間にも優しいキスは続いていて、それを同一人物がやっていることが奇妙に思えてくる。

「こっちこそ……慣れてなくて、ごめん……」

以前ホテルに行った時に、それなりの覚悟はしていたはずだ。なのに、今になって妙に怯《ひる》んでいるのはどうしてなのか。答えは簡単に見つかって、唇からこぼれていってしまう。

「守川さん……すき」

「うん」

顔を寄せていた守川が、優しい顔で笑う。それはどう見ても営業の鬼のものではなく、社内でそれを見られないのがもったいないと思うと同時に、他の誰にも見せないでほしいと思った。

前の時は、もし駄目なら飲み友達に戻ろうと軽く思っていた。

今は、違う。守川が好きだから、離れたくないからこうしている。無理を言われたからでも強引さに流されたからでもなく、笙自身が望んでここにいる……。

滲んできた目元を吸ったキスが、鼻先を掠めて呼吸を重ねてくる。角度を変えて落ちるキスに夢中になっていたせいで、身体の奥から指が退いたのにも気づかなかった。そのまま喉元に吸いつかれて、笙は守川の頭を抱き寄せる。間を置かず膝を摑まれて、知らず呼吸を殺していた。

耳元で大丈夫だとあやされて、しがみついた指に力を込めていた。直後に耳朶《じだ》に歯を立てられて、ぞくりと腰がうねった。そのタイミングで、身体の奥に知らない感覚が割り入ってくる。

「……笙」

耳元で名を呼ぶ声は優しいのに奥深くまで押し入る強さには容赦がなく、ずり上がった腰をすぐさま引き戻される。痛みと圧迫感に息を詰めていた唇に啄むようなキスをくれたかと思うと、笙の髪や頬を撫でたきり動かなくなる。

誉め言葉の代わりのように、唇の間を舐《な》められる。優しいのに執拗に舌先を搦め捕られて、どうにか全身のこわばりを緩めた。キスの合間に大丈夫かと訊かれて頷くと、守川が緩やかに動きだす。

「――ン」

漏れた声まで惜しむように、深く唇を塞がれる。頬を撫でた手のひらが肩から腕を伝い下りて、強い力で腰を抱かれた。強弱をつけた動きは波に似て、少しずつ、確実に笙を追いつめていく。

底のないぬかるみに、足を踏み込んでしまったようだった。そこかしこから生まれた熱が集まって流れを作り、粘度を増して深くなる。痛みよりも熱の方が強くて、ただ炙《あぶ》られるばかりになる。

笙、と呼ぶ声が掠れて逸《はや》っている。そう感じるだけで、全身の体温が上がった。

15

喉の渇きを覚えて、目が覚めた。

温かいものに全身をくるまれたまま、笙《しょう》はぼんやりと瞬《またた》く。ころりと首を回して目を瞠《みは》った。

「もりかわ、さん……？」

驚くほど近くに守川《もりかわ》の寝顔があった。どうしてと身動ぐなり背中ごと腰を引き寄せられ、ぎょっとしてから気づく。笙は、守川の腕に抱かれ懐《ふところ》にもぐり込むようにして眠っていたのだ。

何がどうなってと混乱しそうになって、今朝からの経緯を思い出す。ここは守川の自宅の寝室だと思って、思考回路が爆発しそうになった。

「うわ」

この人を諦《あきら》めると決めたはずが、思い切り失敗したのだ。どうしても、笙は守川の傍にいたかった。今、こうして寝顔を見つめていても、思うのはやっぱりこの人が好きだということだけだ。

……だからといって、このままでいられるとは限らないけれども。

胸の中で生まれた憂慮に息を吐いてから、笙はそろりと身を起こす。周囲を見回すと、置き時計が五時過ぎを指している。朝ではなく夕方の方だ。

よほど疲れているのか、守川は笙が腕の中から抜け出しても目を覚ます様子はなかった。ほっとしながらベッドの端に移動して、サイズが合わない寝間着を着ているのを知った。

守川のを借りたようだが、いったいいつ着ただろうか。思った端から、断片のような記憶がよみがえる。夢うつつに守川からあれこれと世話を焼かれ、身体を拭《ふ》いてもらい、これを着せられた覚えがあるような、ないような。

寝間着の胸元を指先で摘んだまま、かあっと全身が熱くなった。いたたまれない気分で腰を上げたものの、足元の覚束なさに座り直す羽目になった。よしとばかりに足に力を込め、寝室のドアに向かってぎくしゃくと歩きながら、守川にこの有り様を見られずにすんだことに感謝する。

許可もなく家の中をうろつくのは気が引けたけれど、あとで謝ろうと決めてキッチンで水を貰《もら》った。寝室に戻るべきかと悩んだ時、リビングのローテーブルの上で点滅する光を見つけた。

筐のスマートフォンだ。薄暗い中でも黒いフォルムが見て取れて、のろのろと足を向ける。ほかに財布とキーケースも一緒に置いてあり、ソファには簡単に畳んだ上着が丁寧にかけてあった。

ソファに腰を下ろして、スマートフォンを操作する。通話とメール両方に、江藤《えとう》からの着信があった。メールを開いてみると、たった一文、「どうなった?」とだけある。

昨夜は江藤の部屋に泊まったこともあって、出がけに結果報告をするよう言われていたのだ。少し悩んで「たぶんこれから男前と話し合い。またメールする」と返信しておいた。

(後悔とか自業自得の中身全部、男前に話してみたら?)

現状を思えばなおさら、黙っているわけにはいかない。わかっていても気が重かった。

スマートフォンの液晶画面が、ふっと暗くなる。周囲の闇が先ほどより濃くなっているのはわかったけれど、明かりを点ける気にはなれなかった。

ぼんやりしていたら、ふいに騒がしい物音がした。反射的に目をやると、廊下に続くドアが乱雑に開いて慌てた様子の人影が入ってくる。灯った天井の明かりを眩しく感じた。

「……ここにいたのか」

半開きのドアを押さえた守川が、ソファの上の笙を認めて硬かった表情を和らげる。きょとんと見上げている間に傍《かたわ》らに腰を下ろした彼に、無造作に抱き寄せられた。

笙がここにいることを、改めて確認されたように感じた。

「すみません。喉が渇いて目が覚めたんで、水をいただきました」

おとなしく腕の中に収まったまま笙がそう言うと、守川の腕の力がわずかに緩む。

「いい。それより身体は大丈夫なのか？」

「はい、何とか」

真正面から覗き込まれて、どうしようもなく顔が火照る。かつて女の子相手に口にしていた言葉がどれほど返事に困るものだったのかを、自ら実感した。

「いきなり悪かった。……どうしても、逃がしたくなかったんだ」

俯《うつむ》いた耳に入った言葉に顔を上げると、吐息が触れる距離にいた守川の視線にぶつかった。

「いいえ。おれも、本当は逃げたくなかったか――」

最後まで口にする前に、寄ってきた気配に呼吸を奪われる。腰を抱く腕はそのままに、もう一方の手のひらに耳元から首を摑まれて、あっという間にキスは深いものに変わった。

「……ん」

ひどく優しいキスだった。歯列を割った体温に深く探られて、そのたび身体の奥からじわりと何かが滲《にじ》んでくる。搦《から》め捕《と》られ歯を立てられて、かすかな痛みすら別の感覚に変わっていく。

腰に回った腕も首から頰を覆う手のひらも強引なのに気遣いが見えて、翻弄《ほんろう》されながらも安堵する。もっと近づきたくてしがみついた腕に力を込めると、背中からソファの背に押しつけられた。逃げ場のない場所に閉じこめられ、息苦しさに目の前が霞んで、それでも離れたくないと思ってしまう。

「ふ」

唇を舐《な》めて離れていったキスが名残惜《なごりお》しくて、気がついたら自分から追いかけていた。しがみついて顔を寄せて続きをねだると、笑った気配とともに唇に啄むようなキスをされる。口角を齧《かじ》ったそれは頰からこめかみに移って、最後に額に触れて離れていった。そのあとは守川の懐にもぐり込むように抱かれて、長い指が髪や頰を撫でていくのを感じている。

言葉はなかったけれど、そうしているだけで十分だと思った。泣きたいほどに安心しながら、笙は胸の中で燻《くすぶ》る気がかりを思い出す。

早い方がいいと、すぐにでも言うべきだと思いながら、なかなか言葉が出なかった。何度も口を開いては閉じて、それでも言えない自分に呆れてしまう。思いあまって見上げれば守川はじっとこちらを見下ろしていて、鋭いけれど優しい視線にその先を促された。

あの、と切り出した声は、我ながらひどく緊張していた。

「守川さんに、話しておかなきゃならないことがあるんです。……たぶん、不愉快な思いをさせてしまうと思うんですけど」

守川は、短く頷いただけだった。先を促す表情にここに来た時の守川の言葉を思い出して、おそらくこの人はある程度察しているのだろうと思う。

「守川さんの出張中に、村瀬《むらせ》さんと偶然会って言い合いをしたんです。それは聞いてますか」

「夜間見回り中に町中で出くわしたことは聞いた。何を言ったかは、予想がつかないではないな。あいつがきみを妙に誤解しているのは早い段階でわかっていた」

「誤解って、どんな?」

「食事のあとで私がまとめて支払ったのを見て、きみが私に金を出させていると思ったらしい。きみの気まぐれで私がいいように振り回されて、都合よく利用されているとか」

「あー」

だったら、村瀬は本当にあのことには触れずにいてくれたのだ。そこに律儀さを感じて、笙は苦笑した。

「その場で全部否定したよ。金を出させるどころかろくに奢らせてももらえない上に、私の都合で使ったタクシー代すら受け取ってくれないとね。残念なことに振り回してくれたこともない」

「おれはかなり自分本位だし、気まぐれで考えなしですよ。前から思ってましたけど、守川さんはおれのことをよく見すぎです。実際に、それで村瀬さんを怒らせましたから」

「怒らせた?」

「その件に関しては、全面的におれが悪かったんです。村瀬さんが腹を立てたのは当たり前だし、守川さんにも顔向けできないことをしました」

怯《ひる》みそうになる気持ちを押し殺して、笙は村瀬と言い合いになった経緯を説明した。言い訳が入らないよう極力事実だけを羅列しながら、恋人とはいかないまでも親しくつきあっている人のことを話す内容ではないと自己嫌悪を覚える。

「知り合いを通じて村瀬さんを捜したのは、それを守川さんに黙っていてほしかったからです。守川さんへの気持ちを自覚したばかりでどうしても離れたくなくて、それを頼もうと思いました。けど、連絡先を聞き回っているうちに、自分が前の彼女たちに何をして、どう思われてるのかを思い知ったんです。おれは女の子と長続きしないだけじゃなくて、いい別れ方をしてこなかったから」

自分のいい加減さを思い知ると同時に、守川との違いを見せつけられた気がしたのだ。その気持ちは、今でも笙の中にわだかまったまま消えていない。

「村瀬さんと話すどころか連絡先もわからないうちに守川さんが帰ってきて、――いろいろ考えて、何もかも話して守川さんに謝ろうと思いました。けど、守川さんの前の恋人の話を聞いて、おれのやってることって何なんだろうって自分で呆れたんですよ。守川さんなら黙って許してくれるはずだって期待してる自分が、とんでもなく卑怯に思えて」

守川の指が、笙の髪を撫でている。それを感覚で追いかけながら、慎重に言葉を選んだ。

「こんなおれじゃあ守川さんには釣り合わない。それ以前に、人として種類が違いすぎる。一緒にいても守川さんに厭《いや》な思いをさせるだけじゃないかって、そう」

「……だから、私から離れようと思った？」

「たぶん、釣り合わないっていうことの他に、守川さんにはおれのそういうところを知られたくなかったんだと思います。軽蔑されて呆れられるより、離れた方がいいって」

「そう」と呟いた声に、複雑な響きを感じた。手元に落としていた視線を上げてみると、声と同じだけ複雑そうな表情の守川と目が合う。

「珈琲店《コーヒーてん》で村瀬が言った通り、私はけして優しくはないし人が好いわけでもない。単純に、相手がきみだから甘くなるだけだ。何しろ、五年ぶりに本気になった相手だからね」

「……でも」

「和泉《いずみ》の件にしても無条件で許せたわけじゃないし、五年間ずっと想っていたというのも違う。どちらかといえばわだかまりが強すぎて、特定の相手を作る気になれなかったんだ。一連のことで、誰かとつきあうのが面倒になってもいた」

「わだかまり、ですか?」

「最後の最後まで何も気づけなかった自分に心底呆れたのもあるし、相談どころか愚痴ひとつ言わず何もかもひとりで決めてしまった彼を恨みもしたよ。自分は彼にとって何だったんだろうと、何度も考えた。そうしたところで答えが出るはずもなかったんだが」

「けど、守川さんは向こうの家族のことを考えて、何も言わずにずっと」

「それも違うな。単純に面倒だっただけだ」

苦い笑みとともに、言葉を遮られる。見上げた頬を守川の指で撫でられて、笙はそっと聞き返す。

「面倒だったんですか?」

「数人がかりで、つきあっていることや旅行のことはまだしも事故のことまで責められたからな。最初は真面目に相手をしていたが、相手に聞く耳がなければ際限がないだろう？　それに、彼らが一番納得がいかなかったのは私に社会的ダメージがないことだと話していて伝わってきたからね。だったらもう、言わせておく以外にないと思った」

予想外の言葉に、守川がひとりでいるのを望んでいるようだった、いつかの彼女を思い出した。

「でも、好きだったんでしょう？　だから、去年までは墓前参りにも」

「どうだろうな。好きだったのも確かだが、それよりも彼が何を考えて、どういうつもりで私とつきあっていたのかを知りたかったのかもしれないと、今は思うよ」

「そうなんですか？」

首を傾《かし》げながら、思い当たる。たった今、筮が口にしたことはすべて憶測だ。守川自身からは一度も、それらしい言葉は聞いていなかった。

長い指で筮のこめかみの髪を梳きながら、守川は静かに口を開く。

「ずっと考えて、どうしても答えが見つからなかった。……筮と連絡が取れなくなって初めて、その理由が見えた気がしたんだ」

「……？」

「理由さえ告げられれば簡単に別れると、昨日村瀬が言っただろう？　——大学時代から好きだったという意味では確かに彼は特別だったが、だからこだわっていたというわけじゃないんだ。結婚するから別れると直接聞かされていれば、当時の私ならすんなり応じていただろうと思う」

同性同士の恋愛は、男女のそれと同じように壊れやすい。若いうちは自由だ自分の勝手だと嘯《うそぶ》いていられても、じきに両親は老いて友人たちは家庭を持ち、仕事上でも既婚であることが求められる場面が増えていき――自分自身の未来への不安に押されるようになっていく。

見合い、結婚、故郷の両親、そして仕事。そのどれを理由にされても共感できる部分があって、それなら仕方ないと受け入れた。それは、守川の側にも思うところがあったからだ。

「どんなに今がよくても、そう遠くない日に必ず終わる。無理に追いかけても無駄だ。いつの間にか、そんなふうに考えるようになっていたんだ。だが、彼の場合は何もかもがいきなりすぎた」

守川は守川なりに、彼のことを知っているつもりだったのだ。物静かで万事に控えめで、自分を抑える癖がある。彼のその気性は承知していたから、ことあるごとに何かあれば相談してほしいと話したし、そのたび彼は頷いてくれた。

けれど、彼は別れの理由すら口にしなかった。

「考えてみれば、当たり前のことなんだ。彼は家を捨てられないし、私は自分たちの関係を遠からず終わるものと思っている。結論が出ている状態で相談したところで意味はない。そもそも私自身が、自分からは何も訊こうとしなかった。……彼が言わなかったと、責められる立場じゃない」

抱き寄せたままの笙の髪をやんわりと撫でて、守川は苦く笑う。

「私にも原因があったんだと気づいたら、じっとしていられなくなった、連絡が取れない、避けられていると言いながら待つだけでは、きみとの関係が切れて終わってしまう。村瀬の言った通りだった」

「村瀬さんが、何を？」

「きみの素性を訊いていないと言ったら、心底呆れた顔をされたんだよ。私自身も、同じ社内にいる以上必要ないと思っていたんだが、回線を解約したと知った時点で意味がわかった。仕事上の接点はないし、きみには見事なまでに避けられる。本名と部署はすぐに知れたが、住まいや連絡先までは摑めない。総務課に掛け合っても、業務上正当な理由もなく他部署社員の個人情報は教えられないと突っぱねられた。昔の社員名簿が見つからなければ、探偵でも雇うしかなかっただろうな」

「総務に訊いたんですか。それ、まずくないですか？」

「相手が古い知り合いだったからね。説教だけで終わったから心配はいらない」

さらりと言われて、そこまでしてくれたのかと改めて思った。じっと見上げる様子をどう思ったのか、守川は目元だけで笑う。

「別れに応じるにしても、理由だけははっきりさせておきたかったんだ。それにはきみを捕まえるのが先だと思ったんだ」

「……でも、おれが理由を言った時は全然諦めなかったですよね？」

昨日までの攻防を思い出して首を傾げると、守川は少しばつの悪そうな顔をした。

「アパートできみの顔を見た時に、このまま終わったら絶対に後悔すると確信したんだ。きみの理由と態度がちぐはぐだったのもあって、諦めるには早いと判断した。強引な真似をして悪かった」

本当にすまなそうに謝られて、慌てて両手を振ってみせた。

「謝らないでください。面倒なことになったのはおれが考えなしだったせいだし、村瀬さんとのことだって自業自得なんです。おれも態度が悪かったし、遊び場での評判もよくなかったし」

「村瀬との件は気にしなくていい。白状するが、私も学生の頃に似たようなことをやった覚えがあるんだ。当時の恋人といるところを知り合いに揶揄《やゆ》されてね」

「え……」

「自覚して開き直っていたはずの私でもそうだったんだ。きみが狼狽《うろた》えるのも、つい口が滑るのも無理はない。むしろ、当たり前じゃないかな」

「だけど」と言いかけた筮を覗き込むように顔を寄せて、守川は言う。

「きみはアユミさんの前で私を庇ってくれただろう。その程度のことは釣りが出る」

「あれは、でも余計なお節介で」

「余計とは言わないな。言っただろう。私は嬉しかったんだよ」

軽く頬を摘まれて、許されたことに複雑な思いがした。それが顔に出たのか、守川が表情を改める。

「墓前参りをやめる踏ん切りがついたのは、きみのおかげだ。彼のことを忘れることはないだろうが、もう終わったことにしていい。きみを好きになって初めて、そう思えるようになった」

まっすぐに筮を見つめて、守川は言う。

「ひとつだけ頼みがある。今後何かあった時はひとりだけで考え込むのではなく、まず私に話してもらえないか?」

「話して?」

「何もかも相談しろと言うつもりはないが、ひとりで考えて突っ走ってほしくないんだ。もちろん私にも足りない部分はあるから、できる限りの努力はする。だから、それだけ約束してくれないか」

静かな声だったけれど、言葉は重かった。

五年前に彼が亡くなった時、守川にとって何より応《こた》えたのがそれだったのだ。

……守川は、本当に彼が好きだったのだろう。その気持ちは、彼も同じだったのではないだろうか。

無駄だから口を噤《つぐ》んだのではなく、守川を好きだという気持ちを言葉だけでも否定したくなかったからこそ、意図的に黙っていたのではないか。

自分のその沈黙が、守川を孤立無援に追い込んでしまうとは思いもせずに。

「わかりました。その代わり、守川さんも言ってくださいね」

頷いてくれた守川と視線を合わせながら、笙はいつか、と思う。

いつか、この人に昔の話をしよう。これまで自分からは他人に話したことのない、苦くて歪《いびつ》なあの出来事を、笙の一部として伝えてみよう。

あれはもう過ぎたことと思えた時に。

この人に聞いてほしいと、心から思った時に。

好きにならずにいられない

■

腕時計のアラームが鳴った。

非常階段の踊り場で外壁に凭《もた》れて立ったまま、守川弘毅《もりかわひろき》は短く息を吐いた。

一月下旬の戸外は、昼日中であってもかなり冷え込む。にもかかわらず、ワイシャツネクタイにスーツの上着を羽織っただけの格好なのは、社外に出るわけでもないのにコートを持参しては無駄に人目を引くからだ。真冬のこの時季に吹きっさらしの非常階段に出入りする物好きはそういないはずだが、見られた時にコートつきでは妙に思われる。

……本音を言えば、ここまでこそこそしなくてもいいのではないかと思いはするのだが。

腕時計を操作して音を消すと、守川は改めて傍の非常扉に目を向ける。結局開くことのなかったこの扉の奥のフロアにいるはずの恋人を思い出して、またしてもため息がこぼれた。

どうやら完全にすっぽかされたらしい。

「あとは夜、だな」

できるだけ足音を立てないよう注意して非常階段を下りながら、昨夜恋人に送ったメールの内容を思い起こした。

今日の昼休みに非常階段でという誘いに、もうひとつ加えておいたのだ。「今夜八時にいつものバーで待っている」というもので、最初の誘いを無視された時の保険のつもりだったが、果たして役に立つかどうかは甚《はなは》だ疑問だ。何しろ、そのメールの返信がない。

守川がストーカーと化していた恋人以前の頃ですら、彼はこの非常階段への誘いにだけは応じてくれていたのに。

重い気分で戻った営業部では、外回りから戻った部下が守川を待ちかまえていた。報告を受けて相談に乗り、必要な助言をして留意点を挙げておく。仕事に没頭していればプライベートでの懸念は排除できるものの、あくまで一時的なものだ。その証拠に、所用で開発部に足を向けただけで近くにいるはずの彼――恋人の高平 笙《たかひらしょう》が気になってしまう。

守川がいる営業部と直接接触する機会が多いのは恋人が所属する開発三課ではなく、新規契約及び契約先で運用中のソフトの維持管理を手がける開発一課だ。それぞれの担当者を連れ、課長を巻き込んでのミーティングを終えると、あとは担当者同士で細かい調整をすると決まった。

「守川さん、コーヒーでもどうです?」

開発一課長に誘われて、断る理由もないと了承した。担当者をその場に残し、エレベーターホールの片隅にある休憩所へ向かう。

「ところで守川さん、そろそろいい話はありませんか」

「微妙なところですね。正直、今は仕事で手一杯なもので」

守川より年嵩の開発一課長は、別名仲人課長と呼ばれている。本人もその夫人も世話好きで、それが高じて二桁に上る人数の部下に女性を引き合わせ結婚に導いた。これで強引であれば反応に困るが、幸いなことに無関心を示せばしつこくはされない。……はずが、今日は妙に執拗《しつよう》だった。

「いやいや、仕事が忙しければなおさら家に誰かいた方がいいでしょう。私の知り合いにいい子がいるんですが、一度会ってみる気はありませんか。ガールフレンドを作るつもりで気軽にどうです？」

守川にとってはちょうどいいことに、そこで女性社員が二人分のコーヒーを運んできた。コーヒーよりも話が中断したことに礼を言い、彼女が下がったのを機に話題を現在やや難航中の契約に引き戻す。開発への要望も含めて話していくと先方もさっそく食らいついてきて、コーヒーを飲み終えたらあっさり解放された。

今後は要注意と心に留め、エレベーターに向かいかけてやめる。――廊下の先にある屋内階段の近くが筌がいる開発三課なので、そちらから戻ることにした。筌の要望で社内では知らない同士で通しているけれど、通りすがりに顔を見るくらいはいいだろう。

泣きっ面に蜂と言うが、ろくでもないことは連鎖するものらしい。さりげないふうに屋内階段に向かう途中で、すらりとした背中が三課のドアから出てきた。

遠目の後ろ姿だけで、筌だとわかった。声をかけたい気持ちを抑えて見ていると、続いて小柄な女性社員が出てくる。筌の腕に手をかけて、何事か話しかけた。ちらりと見えた筌が横顔で笑うのを知って、胸の中がチリつく感覚を覚えた。

こぼれそうになったため息を押し殺して、守川はそのまま踵《きびす》を返す。エレベーターホールに戻ると、ボタンを押して扉が開くのを待った。

振り返る気にはなれなかった。

恋人と喧嘩《けんか》をした。彼が髪を切ると言いだしたのがきっかけだった。

(鬱陶《うっとう》しくなってきたし、もういいかなと思って。ついでに眼鏡も、いつものじゃなくてうちで使ってるヤツに変えようと思うんです。それで)

(……何も変える必要はないんじゃないのか?)

彼の言い分を最後まで聞く前に、そう口にしていた。目の前で笙が表情を固まらせたのには気づいたが、言葉が止まらなかった。

(少なくとも職場内では、今のスタイルのままの方が仕事も捗《はかど》るように思うが)

硬い顔つきで「そうですか」と返した笙は、そのあと唐突に話題を変えた。内容は覚えていないが、いつもと変わらない様子だったと覚えている。

その三日後、社内で笙を見かけて驚いた。——プライベートではヘアワックスで整え、会社では洗いっぱなしのぼさぼさで顔を半分隠していた髪をさっぱりと短くし、それまで社内で使っていた目元を隠す分厚いレンズの眼鏡をフレームの細いすっきりとしたものに変えていたのだ。服装も以前社内で見ていた野暮ったいものではなく、いかにも今時の若者らしいシャープなものになっていた。

笙にとってはそちらが本来の自分だ。わかってはいたものの、本音を言えば苦い気分になった。

プライベートでの彼は、恋人に不自由したことがないという。その言葉が誇張でないことは、いつものバーや食事に出かけた先で笙に向けられる視線でわかる。案の定、社内で笙を見かけた時、傍《かたわ》らに女性社員がいる確率がぐんと高くなった。

それまでの笙は仕事振りに定評があり上司や先輩後輩からの評判はよかったにもかかわらず、女性社員からは根暗だのもさいだのと見下される傾向が強くろくに相手にされていなかった。もっともそれは笙本人が意図的に仕向けていたせいであって、一概に女性たちを責められない。

理屈では納得していたはずが、どうにも感情が収まらなくなった。大人げないと、抑えるべきだと知っていて、つい笙本人に言ってしまったのだ。

前のままの方がよかったのではないのか、と。

(守川さんは、そう思うんですね)

一言そう返したきり、笙は守川の顔を見なくなった。その後はメールを送っても返信がなく、電話をかけても出てくれず——その状態のまま、今日で一週間になる。

どうにも気になって、四日前に笙のアパートの前で待ち伏せた。そうしたら、かつて押し掛けた時にも通りすがった同じアパートの住人が、少し呆れたように声をかけてきた。

(そこの部屋の人、三日前に結構な荷物抱えて出かけたきり帰ってないよ。当分外泊するって言ってたけど)

その通り、日付が変わっても笙は帰らなかった。彼が休むことなく出勤しているのは知っていたが、今回ばかりは開発に乗り込むわけにいかず、完全に手詰まりとなった。

この年になって何をやっているのかと、自分で自分に呆れた。同時に、過去につきあってきた恋人たちとはこうも拗《こじ》れることがなかったと——拗れるほど深いつきあいをしてこなかったのだと、今になって気がついた。

それでも一緒にいたいと思う相手は、笙が初めてだったのだ。

もっとも、笙の側が今、守川をどう思っているかはわからないけれども。

■

定刻を十分ばかり過ぎて駆けつけたいつものバーに、笙の姿はなかった。

正直に、落胆した。それでも気を取り直して、守川はカウンターの中に声をかける。

「セイくんは顔を出したかな」

「今夜はまだいらしていませんよ」

「そうか」と返して酒をオーダーしながら、落胆の中に安堵を覚えた。

このバーが比較的安全なのを知っていても、できるだけ笙をひとりにしたくないのだ。本人は知り合いが増えたとしか思っていないようだが、顔見知りとして声をかけてくる常連客の中には笙に対して特別な好意を抱いている輩《やから》が複数いる。守川と公認だから、表立って何も言わないだけだ。

何度か注意はしてみたものの、笙はどうにも同性からの秋波に鈍い。マスターやバーテンにそれとなく助けられていることも多いようだが、本人の自覚はさっぱりだ。

——それでも構わないから、今夜ここに来てくれたらいいのに。

笙が職場とプライベートで身なりを変えていたのには、何かの事情がある。察した上で、いずれ話してくれるまで待とうと思っていた。それなのに、彼は守川に何も言わずそれをやめてしまった。

その事実にもこだわっていたのだと気がついて、自分で自分に呆れ返った。

まるで中高生の恋愛だ。彼が髪を切り眼鏡を変えることに反対した理由にいたっては、さらに自分本位な理由なのだから始末に負えない。

グラスの中で形を失くしていく氷を眺めているうち、ふと近くに気配を感じた。笙だろうかと思い目を向けた先にいたのは見覚えこそあるものの名前も知らないこのバーの常連でもある青年で、にっこりと蠱惑的《こわくてき》な笑みを向けてきた。

「こんばんは。今日はおひとりなんですよね。よかったらご一緒してもかまいませんか」

「……あいにくですが、人を待っているので」

「それなら、待ち人が来るまでどうですか？」

「遠慮しておきます。少し考えたいことがありますから」

丁重に答えながらも、眉間《みけん》に皺《しわ》が寄るのが自分でもわかった。――この青年は思い出したように守川に声をかけてくるのだが、おとなしげな見た目を裏切ってやたらとしつこいのだ。

「そう仰らずに。一杯奢りますよ」

そう言った彼が肩を寄せてきた時、背後から懐疑的な声がした。

「――たぶん邪魔じゃないと思って声かけますけど。モリカワさん、ですよね？」

「そうだが、きみは……笙の？」

振り返った先にいた二十代前半の青年の、やや童顔の容貌に見覚えがあった。――初めてこのバーで笙を認識した時、彼と一緒にいた人物だ。

「どうも初めまして、オレは江藤圭介《えとうけいすけ》と言って、笙の幼馴染《おさななじ》みで友人です。そちらお連れさまですか。だったら退却しますけど」

「いや。私は笙を待っているだけだ」

即答した守川を、江藤と名乗った青年はほっとしたように見上げてきた。

「笙が非常に困ったことになってるんです。ちょっとつきあってもらえませんか」

「待てよ。先に声かけたのはこっち――」

隣からの抗議はきれいに無視してカウンターに向き直ると、守川はマスターに精算を頼んだ。


「ここ一週間ほどずっとうちにいますよ。居候ってより家出状態で」

笙の居場所を知っているのかとの守川の問いに、江藤はさらりとそう言った。

「家出？」

「アパートの外廊下で一晩中でも待ってそうな人がいるんで、籠城は無理とか言ってましたね」

先を行く江藤に歩調を合わせて歩きながら、それは間違いなく自分のことだと認識して何とも言えない気分になった。それに気づいたのかどうか、江藤はしゃきしゃきと続ける。

「今の時季にそれやると、体調崩しかねないからじゃないですか。忙しい人に無理や負担はかけたくないけど、まともに顔を合わせるにはまだきついんで自分が行方をくらましたわけです。モリカワさんだって、笙がいないとわかってればアパートで待ち伏せたりしないでしょう？」

そのための家出だったのかと、意外さに目を瞠《みは》っていた。その様子に気づいたのだろう、江藤はけらけらと楽しそうに笑った。

「あれで案外周到なんですよ。アパートの顔見知りに、モリカワさんを見かけたら当分留守だと伝えてくれって頼んでおいたらしいけど、聞きました？」

「それも笙が？」

「ですね。ついでに今日オレを呼び出したのも、今から行く店を指定したのも笙です。いつものテリトリーとは全然被らないし近くにあのバーがあるしで何となく予想はしてたんですけど、今日は守川さんとの約束があったんですよね？」

「約束とは言えないですね。今日あそこで待っていると一方的にメールしただけなので」

見えないところで笙が守川を気にかけていたらしいと知って、少しだけほっとした。

「……てっきり、腹を立てて愛想を尽かしたんだろうと思っていたんですが」

「腹が立ってるってより荒れてます。ああいう荒れ方をする笙を見たのは初めてなんですけど、原因はモリカワさんですよね？」

「そうだと思いますが、荒れているというのは？」

「挙動不審と情緒不安定かなー。よく言えば寛容、悪く言えば冷めてるはずの笙が、しょっちゅうひとりで百面相やってますよ。モリカワさん関係限定で」

笑顔で言われた守川が返事に窮していると、江藤がふと足を止めた。「ここです」と言って彼が入っていったのは飲み屋街の中ほどにある有名なチェーンの居酒屋で、酔客でにぎわう店を突っ切って歩く。奥の個室仕様になったスペースで、テーブルに突っ伏している笙——恋人を見つけた。

「ただいまー。遅くなった……って笙、潰れたんだ？」

「さっきね。ずっとモリカワさんへの文句言ってたけど、最後は会いたいって寝言みたいに言ってました……よ？」

江藤の問いに答えたのは、笙の向かいに座っていた学生らしい若い女の子だ。語尾を敬語にしたのは守川に対するものらしく、にっこり笑顔を向けてきた。

「結局、最後は惚気《のろけ》なんじゃん。あーもう……まあいいや、先に紹介しときます。こっち、オレの彼女の三奈子《みなこ》です。三奈子、こちら笙の彼氏のモリカワさん」

初対面でその紹介はどうかと怯《ひる》んだ守川に、女の子——三奈子は屈託のない笑みを向けてきた。

「はじめまして、噂はお聞きしてます。えーと、コーヒーと紅茶、どっちにしますか？」

「……はじめまして、守川です。私はコーヒーを」

面食らいながら答えると、三奈子が三人分のコーヒーをオーダーしてくれた。その間、江藤はテーブルに突っ伏した笙をつついていたが、起きる気配は皆無のようだ。気になって見ていると、視線に気づいたらしい江藤に当たり前のように言われた。

「んじゃ、ちょっと休憩ってことで。守川さん、このあとこいつをお持ち帰りしてくださいね」


タクシーで帰りついたマンションの前で、守川は千鳥足の笙を改めて抱え直した。

どれだけ呑んだのか、結局まともに目が覚めなかった笙は、それでも完全に潰れているわけではないらしい。脇から支えて声をかけると、促す通りに足を動かしてくれた。それを幸いに、エントランスから集合玄関を入ってエレベーターの前に立つ。

「笙？　気分は？　吐き気はないか？」

「んー……、守川さんの、ばか……」

寝言のような台詞《せりふ》は、居酒屋で江藤とその恋人から聞かされたここ一週間の笙の口癖だ。

（そのくせ、最後には必ず絶対会いたいって言うんですよ。とっとと帰って仲直りしろって何度も尻叩いてやったのに、変にムキになってるみたいで）

呆れ口調でそう言った江藤は、けれど守川との間に何があったかまでは聞いていないと口にした。

（事と次第によっては脅してでも喋らせますけど、今回は痴話喧嘩と判断したのでノータッチです。ふたりで話し合って解決してください。ついでに家出も終わりってことで、荷物は着払いでアパートに送るんで笙にもそう言っておいてください）

別れるその間際になって、江藤は思い出したように言った。

（いろいろ面倒な奴なんで困ることも多いと思いますけど、今後とも笙をよろしくお願いします）

江藤だけでなくその恋人にまで頭を下げられて、反応に困った。

彼らが笙と守川の関係を知っているのも、それに関する不快感を見せる気がないのもこの小一時間ほどでわかっていたけれど、そこまでを言われるとは思ってもみなかったのだ。

（笙の相手が私でも構わないんですか？）

思わず口にした問いに、江藤は彼女と顔を見合わせてから笑った。

（構うも構わないも、本人が望んでることですから。あと、あいつが髪切って眼鏡変えたのってどう考えても守川さんの影響なんで、だったら何も言うことはないです。できれば末永く見捨てないでやっていただければと思ってるくらいで）

内容に驚いて、髪を切って眼鏡を変えることにどういう意味があったのかと訊いてみた。「大ありです」と答えた江藤はそれに関する明言は避けたけれど、自分の意見と断って言った。

（あいつが職場と遊び場で見た目を変えてたのって、無意識の逃避だったと思うんです。素の自分で日常生活を営む気がなかったんですよ。仕事はちゃんとするし遊び場でもそれなりに楽しんでたわりに、どっかなげやりでふらふらしてたんです）

江藤も何度も注意した。本人の反応を見ても、自覚はあったはずだった。けれど改善はしないまま、何年もずるずるとそんな状況が続いていたのだそうだ。

（その象徴があのだっさい髪と眼鏡だったんです。それをやめたのって、きちんと生活する気になった証拠だと思うんで。あのまんまだったらこの先どうなるんだろうってずっと気になってたんで、クリアするきっかけを作ってくれた人と本気の恋愛するんだったら、性別なんか度外視します）

（――笙は、そんなに変わりましたか）

（変わりましたねー。これでも幼稚園からのつきあいですから間違いないです）

今の話は笙には内密にと念を押して、江藤は恋人と手を繋いで帰っていった。

察するに、あの時の守川の返事は笙の決意を挫《くじ》くようなもので、だからあれほどまでに怒らせたのだ。思い返してみれば、髪を切ると口にした時の笙は他にも何か言いたげだった。

「……すまなかった、な」

寝室のベッドの上で寝入ってしまった恋人の頰を指先でくすぐると、むずがるような声を上げて顔を背けてしまう。追いかけるようにこめかみから差し入れた手で短い髪を梳《す》くと、表情を緩めて守川の手のひらに擦り寄ってきた。

明日の朝、一番に謝ろう。どうしてあんなことを言ったのかを説明して、できればこの週末のうちに仲直りしておきたい。思いながら、守川は笙の額にそっとキスをした。

■

翌日、少し遅い時刻に目を覚ました笙は、その時点でとても機嫌が悪かった。

「何でおれ、ここにいるんです？　友達と飲んでたはずなんですけど」

守川の説明を待たず、笙はベッド横の椅子にかけてあった彼のコートを手に取った。スマートフォンを操作して、おそらくメールを確認したのだろう。むっとした顔になると、いくつかの操作をして耳に当てる。電話の相手に、開口一番に嚙みついた。

「圭介、てめえ何考えて――」

ベッド横で受け答えを聞いていただけで、笙が返り討ちに遭ったのがわかった。童顔で人懐《ひとなつ》こげなあの彼は、風体に似合わず強気なようだ。

「そんなこと言ったって……そりゃそうだけどさ！　でもっ」

話の途中で、笙は不自然に言葉を切った。耳から離したスマートフォンを眺める様子からすると、一方的に通話を切られたらしい。

間延びした沈黙の中、ベッドに座ったままの笙がこちらを窺《うかが》っている。目が合ったのを確かめて、守川は深く頭を下げた。

「悪かった。嫉妬のあまり、一方的に勝手なことを言った」

「……え？」

目の前で、笙がぽかんとする。たった今まで尖《とが》っていた表情が、毒気を抜かれたように崩れた。

「笙は、女性に好かれるだろう。これまで不自由したことはないと言っていたし、外食の時にもよく通りすがりの女性に見られていた。……例のバーでも、隠れて人気なんだそうだ」

「あ？　えっと……守川さん？」

「相手が男ならさほど気にはしない。だが女性で、しかも同じ会社の人間にまで目をつけられるのは避けたい。だから、髪を切るにも眼鏡を変えるにも反対した。……髪を切ってから、社内でたびたびきみと女性社員が一緒にいるのを見るようになって、正直とても気になっている」

「――――」

この際とばかりに告白した守川を、笙は目と口を開けて見つめている。

「前のままがよかったっていうの、そういう意味だったんですか」

「それ以外の意味はないから、笙が怒るのも当たり前だ。反省するから許してくれないか」

何度も瞬《また》いた笙は、しばらく黙って守川を見たあとで思い切ったように言う。

「……さっき、圭介から聞いたんですけど。守川さん、昨夜十時近くまで例のバーにいたって」

「笙が来るかもしれないと思うと、帰る気になれなくてね」

「でもおれ、メールも返さなかったですよね」

「それでも可能性はあると思ったし、実際に江藤くんが来てくれた。こうして連れて帰ることができてほっとしたよ。だから、昨夜のことで江藤くんに言いたいことがあるなら私が代わりに聞こう」

「文句は、ないです。本当はおれも、引っ込みがつかなくて困ってたから」

ぼそぼそと言って、笙はまたしてもちらりと守川を見た。ぐっと唇を噛んで言う。

「……どう考えても不公平なんで、こっちからも謝ります。一週間、無視してすみませんでした」

「謝らなくていい。大人げない真似をした私がいけなかったんだ」

「それ、半分は当たりかもしれませんけど残り半分は違います。おれの方も、髪を切る動機が半分は不純っていうか。……身なりをまともにしたら、守川さんと知り合いだって社内でオープンにしても大丈夫なんじゃないかって計算があったんで」

思いがけない言葉に、すぐには返事が出なかった。それをどう感じたのか、笙は早口に続ける。

「社内でのおれって、根暗でもさくてってあんまり評判よくないですよね。そんなのが営業一課長と知り合いとかっていったら、絶対おかしいとか釣り合わないとか言われるじゃないですか。けど、社交的に明るくしてればたまたま飲み屋で会って親しくなったことにしても大丈夫かなって」

「笙」

「守川さんを陰で見てる女性社員は多いし、最近は守川さんが柔らかくなった分アプローチかける人が増えたとも聞いてます。それを見てるしかできないのはきついし腹も立つから、知り合いとして間接的にでも牽制できないかと思ったんです」

言葉を重ねるごとに、笙の顔が赤くなっていく。訴えるように見上げる様子は恋人同士になってから見せるようになった甘えを含んでいて、考える前に手が伸びている。触れた髪に指を絡ませて頭ごと引き寄せると、守川の鳩尾《みぞおち》のあたりにすとんと額を押しつけてきた。

「一課の課長から、見合い話を持ちかけられてたって聞きました。……会うんですか？」

どこから漏れたと思案してすぐに、あの時コーヒーを運んできた女性社員かと思い当たった。

「会わないよ。具体的になる前に話題を変えたしな」

「……守川さんは営業部長にも気に入られてるから、そっちからの紹介もあるはずだって聞いてます。以前より落ち着いたから、今度こそって」

「営業部長は私が女性は駄目だとご存じだよ。理解はできないが仕事には関係ないから構わないと言われている」

ぎょっとしたように顔を上げた笙を覗き込むようにして、声を落として言った。

「私が変わったとしたら、それは笙のおかげだ。他人に目移りする理由がない」

ぶつかった視線に引かれるように、近く顔を寄せていた。そのまま半開きになった唇を塞ぐと、緊張していた笙の肩から力が抜けるのが伝わってくる。

一週間ぶりのキスは、目眩がするほど甘かった。危うく暴走しそうになったのを寸前で堪《こら》えて、それでも我慢しきれずに薄く開いた笙の唇の奥に舌先をねじ込む。迎えるようにそこにあった体温をやんわりと搦《から》め捕《と》って離れると、目元を赤くしてじっと見上げてくる笙と目が合った。

なめらかな頬の輪郭《りんかく》を手のひらで覆うように摑んで、鼻の頭から頬へ、眦《まなじり》へとキスを落とす。背中にしがみついてくる指の感触を確かめながら、最後に額に唇を押し当てた。

「……おれは、社内でも守川さんとかかわりを持ちたかっただけです。そもそも女の子がよければ守川さんとつきあったりしません」

静かな声が、宣誓のように聞こえた。揃えた脚の上に両手を置いたまま、笙は淡々と続ける。

「会社でも、せめて立ち話くらいはできる知り合いでいたいんです。その手段として髪を切って眼鏡を変えただけです。……信じてもらえませんか」

淡々とした声を聞きながら、笙が一週間もの間連絡してこなかった理由を理解した。――おそらく笙は、守川の反応が怖いのだ。

「きみを信じない理由はない。単純に、きみの周りに女性がいるのが気に入らないだけだ」

言いながら、自分の狭量さに失笑した。同時に、ふと気づく。

髪を切り眼鏡を変えた理由がもうひとつあると、笙は言う。あるいはそれには彼の過去の恋愛遍歴が絡んでいるのではないのか。だからこそ江藤は、髪を切り眼鏡を変えた笙をあれほど歓迎したのではないだろうか。

「――お互い様、ということかな。どちらも無用の心配をして、どちらも言葉が足りなかった。先に原因を作ったのは私だから、主に責任があるのはこちらの方だが」

言葉の最後に笑いを滲《にじ》ませてみせると、笙はほっとしたように守川の肩に額を押しつけてきた。

「おれも、短気を起こし過ぎました。実を言うと、あの時は守川さんに背中を押してほしかったんです。髪切るにも眼鏡変えるにも、踏ん切りが必要だったんで」

「ああ、なるほど」

一大決心の上で待っていたら、逆の方向に押されたわけだ。

「それで、ムキになって髪を切りに行った？」

「……だって、腹立つじゃないですか。職場での前のおれってもさくて根暗で、有望株の営業一課長に比べたら月とスッポンですよ？　社内でずっと知らない同士でいるにしたって、せめてもう少しマシにならないとって思ったら、つい」

負けん気に火をつけて、結果的には背中を押したというわけだ。察して、何となく笑えてきた。気付いた笙に拗ねた顔でふいと横を向かれて、その様子をひどく可愛いと思う。

「そこで笑います？　だいたいですね、守川さんだって――」

言いかけた文句を、不意打ちのキスで封じ込める。首にしがみついてきた腕の感触を確かめながら、触れ合うだけの浅いキスを呼吸を共有するものに変えていった。

よく知っているはずの体温と気配を間近にして、ひどくほっとした。一週間分の喪失感が少しずつ埋められていくのを実感しながら、ここまでこの恋人に囚われていたのかと改めて思う。

「……守川さん、今日は何か予定ありますか？」

「ああ。できればきみと過ごしたいと思っていた」

間近で告げると、笙はさらに顔を赤くした。困ったように視線を彷徨《さまよ》わせたかと思うと、何かを決めたような目で見上げてくる。

「守川さんに、話しておきたいことがあるんです。おれの昔の話で、正直、聞いても楽しい内容じゃないと思うんですけど」

「わかった。だが、その前に朝食にしようか」

笙の言う「昔の話」は昨夜の江藤の話と繋がっているのだろうと察しがついて、意図的にそう告げた。リビングに移動し朝食を終えてから、コーヒーを淹《い》れてソファに移動する。

緊張した顔つきの笙が言葉を探すふうにしているのを知って、顎先《あごさき》を捉まえ唇を齧《かじ》った。咎《とが》める顔で見上げてくるのへ、守川はわざと別の話題を振ってみる。

「会社でのことなんだが、昨夜飲み屋で偶然出くわして意気投合した、というのはどうだろう？」

「え、あの……いいんですか？　無理だったら、おれ」

「構わないというより願ったりだな。ついでに、私がきみに借りを作った形にしておこうか。それなら、私の方から近づいても自然だろう」

笙に近づく女性社員を、別方向から牽制《けんせい》する意味でも。――あえて口にしなかった続きに気づいたのかどうか、笙が嬉しそうに笑う。その眦にキスを落として、守川は恋人の言葉を待ち構えた。

POSTSCRIPT

YOU SHIIZAKI

おつきあいくださりありがとうございます。先日遊びに行った某水族館にてペンギンに癒されまくった結果、幼児サイズのペンギンのヌイグルミを危うく衝動買いしそうになった椎崎夕です。

前回前々回に続いて今回もタイトルの冒頭三文字が同じなのですが、すみません。またしても前作・前々作の内容とはまったくの無関係となっております。紛らわしくて恐縮ですが、某設定が共通という意味での関連作ということで、ご理解いただけましたら幸いです。

まずは挿絵をくださった葛西リカコさまに。前二回に引き続き、イメージそのもののカバーと挿絵をありがとうございました。いた

Alphela URL　http://alphela.biz/
ALPHELA：椎崎 夕公式サイト

だいた扉絵ラフがとても好みだったということで、こっそり眺めつつ本の出来上がりを楽しみに待ちたいと思います。

今回……はいつも以上のご面倒をおかけしてしまった担当さまにも、心より感謝とお詫びをお伝えしたいと思います。次回こそ、狼少年とならぬよう精進いたします。

末尾になりますが、最後までおつきあいくださった方々に。

ありがとうございました。少しでも楽しんでいただければ幸いです。

好きになるはずがない

SHY NOVELS316

椎崎 夕 著
YOU SHIIZAKI

ファンレターの宛先
〒101-0065 東京都千代田区西神田3-3-9大洋ビル3F
(株)大洋図書 SHY NOVELS編集部
「椎崎 夕先生」「葛西リカコ先生」係
皆様のお便りをお待ちしております。

初版第一刷2014年2月5日

発行者	山田章博
発行所	株式会社大洋図書 〒101-0065 東京都千代田区西神田3-3-9大洋ビル 電話 03-3263-2424(代表) 〒101-0065 東京都千代田区西神田3-3-9大洋ビル3F 電話 03-3556-1352(編集)
イラスト	葛西リカコ
デザイン	Plumage Design Office
カラー印刷	大日本印刷株式会社
本文印刷	株式会社暁印刷
製本	株式会社暁印刷

ISBN978-4-8130-1284-9